特級ギルドへようこそ！
～看板娘の愛されエルフはみんなの心を和ませる～

12

著 阿井りいあ
イラスト にもし

TOブックス

キャラクター紹介

メグ

気付けば美幼女エルフに憑依していた元日本人アラサー社畜の女性。前向きな性格と見た目の愛らしさで周囲を癒す。頑張り屋さん。

ギルナンディオ

特級ギルドオルトゥス内で一、二を争う実力者で影鷲の亜人。寡黙で無表情。仕事中にメグを見つけて保護する。親バカになりがち。

シュリエレツィーノ

穏やかで真面目な男性エルフ。腹黒な一面も。メグの自然魔術の師匠となる。その笑顔でたくさんの人を魅了している。

サウラディーテ

オルトゥスの統括を務めるサバサバした小人族の女性。存在感はピカイチ。えげつないトラップを得意とする。

ユージン

オルトゥスの頭領。仲間を家族のように思い、ギルドを我が家と呼ぶ、変わり者と言われる懐の深い年配の男性。

ザハリアーシュ

魔大陸で実質最強と言われる魔王。まるで彫刻のような美しさを持ち、威圧感を放つが、素直過ぎる性格が故にやや残念な一面も。

Welcome to
the Special Guild

リヒト

魔王城に住み込みで修行をする日本人の転移者。人間であるため、周囲の人たちよりも成長が早い。面倒見が良く、目標に向かって真っ直ぐに突き進む性格。

ロナウド

通称ロニー。オルトゥス所属となり、日々鍛錬に勤しんでいる。いつか世界中を自分の足で旅をするのが夢。

リュアスカティウス

通称アスカ。天真爛漫で無邪気なエルフの少年。自分が可愛いことを自覚している、真っ直ぐで憎めない性格。いつかオルトゥスの仲間になるのが夢。

シェルメルホルン

強力な自然魔術と人の思考を読む特殊体質を持つハイエルフ族長。悲願を果たそうと暗躍していたがすでにその意欲はなく、郷で隠居生活を送っている。

フィルジュピピィ

通称ピピィ。小柄で十代半ばの見た目のハイエルフ。絶対防御の特殊体質を持ち、いつもニコニコしている可愛らしい女性。

ケイ

オルトゥス一のイケメンと言われている女性。華蛇の亜人で音もなく忍び寄る癖がある。ナチュラルに気障な言動をする。

レキ

オルトゥス医療担当見習い。虹狼の亜人で角度によって色が変わって見える美しい毛並みを持つ。素直ではない性格だが根は優しい。

ウルバノ

巨人族の少年。引っ込み思案で人とあまり接することが出来ないが、メグとの出会いをきっかけに少しずつ克服しようと頑張っている。

目次

Welcome to the Special Guild

イラスト：にもし Nimoshi　デザイン：ヴェイア Veia

第1章・揺れ動く心

1　魔王城での休暇

人間の大陸の調査から戻ってきて、ようやくドタバタした日常が落ち着いてきた。まだしばらくは休暇がもらえているんだけどね。でも、そのお休みの間にも色んなことがわかったりして心の落ち着く暇は正直、あんまりない。最近で起こったことを言えばそう、マキちゃんの前世が環《めぐ》の、つまり前世の私のお母さんだったこととかね！　いやぁ、本当にビックリした。お父さんはもっと驚いていたけれど。それを知るための夢渡りも終えたわけだけど、別にマキちゃんとの関係が変わるわけじゃない。これまで通り、日常を送るだけである。

ただ、ちゃんと生まれ変わることが出来るんだってわかったことに安心はした。それと、そういう現象についてこれ以上研究をするのは人としての領域を超えている気がして不安でもある。

そんなこんながあったけれども、楽しみなことも待っています！　実は今日は、アスカの歓迎パーティーが行われる日なのである！　やったね！　調査隊の仕事を無事に終えたアスカは、ついに正式にオルトゥスの仲間となるのだ。ずっとアスカが目標にしてきたことで、オルトゥスのみんなも心待ちにしてきたことだからきっとパーティーは盛り上がるだろうな。私だって盛大にお祝いするつもりだ。たとえ気になることが山ほどあったとしても。

さっき言ってた魂《たましい》が巡《めぐ》る禁忌《きんき》の研究についてとか、ダンジョン産の魔物の自我についてとかはもちろん、ギルさんとの間にやたら距離を感じるとか。でも、今はお父さんと父様の寿命、これが私にとって最大の悩みだった。こう、ずっしりとくる。すごくずっしりとね！　生きているんだから当たり前のことだし、仕方ないんだけど……。当たり前のようにずっと先のことだと思い込んでいた自分が本当に馬鹿だなって。

でも、今からでも遅くない。アスカの歓迎パーティーが終わったら魔王城に遊びに行く予定だったから、その時に父様に思い切って相談してみようと思っているんだ。本人に聞くような内容じゃないとは思うけど。父様の方からも切り出しにくい話題なんじゃないかなって。この前お父さんとたくさん話したように、父様ともじっくり話してみよう。だって私は魔王の娘。そういう時期が近付いているのだとしたら……魔王としての心構えを少しずつ勉強していかなければいけないのだから。

「メグーっ！」

「アスカ！　ふふっ、相変わらずお皿が山盛りだね」

ちゃんと心の整理は一応つけたから、大丈夫。今は思いっきりアスカの仲間入りをお祝いしなきゃね！

「そりゃあそうでしょ。だってぼくのためのご馳走《ちそう》だもーん！　全種類制覇するんだからっ」

全種類って……相当だよ？　今日のパーティーではオルトゥスの料理長であるチオ姉の料理はもちろん、街で売っている商品もたくさん並んでいるからものすごい量になっているのに。でもまぁ、アスカなら全種類食べられるような気がする。お腹いっぱいって言っているのを見たことがないし。一体どんな胃袋をしているのか。羨《うらや》ましい！

それはさておき！　せっかくパーティー中にアスカと会えたんだからちゃんと言っておかないと

ね。今日のアスカはあちこちで色んな人に捕まるだろうから、今がチャンスである。

「アスカ、改めて言わせてね？　オルトゥスへようこそ！　ずーっと待ってたよ！」

「メグ……！　うん、ありがとう！」

「これからよろしくね！　すっごく頼もしいよ！」

アスカが仲間になるのを心待ちにしていたのは私だけではないだろうけど、やっぱり同じ年代の子が仲間になるっていうのは特別感がある。そ、れ、にー。

「やっと一番年下じゃなくなったよー！」

「むむっ、数年しか変わらないんだから同じようなものでしょっ！　ぼくの方が大きいもん」

「そ、それは見た目だけでしょー？　私の方がお姉さんなのは変わらないもん」

まぁ、実際エルフの私たちにしてみれば、数年なんてあってないようなものだけどさ。でも大事、とても大事。ついに年下が仲間になったんだもん！　そりゃあマキちゃんやセトくんがいるけど正式な仲間ではないし、種族が違うのであっという間に抜かされるからね。アスカは貴重な年下なのである！

「あ、わかった。もしかしてぼくにメグおねーちゃんって呼んでほしいんじゃなーい？」

「うっ！」

アスカが少し意地悪そうにニヤッと笑う。久しぶりに聞いたなぁ、それ。あの時のアスカは可愛かったけど、今それを聞くと妙な背徳感を覚える……！　美少年からのお姉ちゃん呼びは刺激が強い。

「あはは、ウソだよ！　ぼく、メグのことはお姉ちゃんだなんて思ってないもん」

「わ、私だってアスカを弟とは思ってないよ。もう、すぐからかうんだから」

口を尖《とが》らせて文句を言ったら、急にアスカが真顔になる。そのままジッとこちらを見つめるものだから、思わず私も背筋を伸ばした。

「ふーん。じゃあさ、メグはぼくのこと、なんだと思ってるの？」

「え？」

何、って。そりゃあオルトゥスの仲間だと思っているけど。でも、アスカの流し目は何かを期待しているように見える。たぶん、普通の答えじゃ満足しないよねぇ。そうだなぁ。私は少し考えてから口を開いた。

「アスカは……一番の仲間、かな。これからのオルトゥスを一緒に盛り上げていく同期だもん！」

同期って響きが私にとってはとてつもなく特別感がある。お父さんたちの初代メンバーが信頼し合っている感じがすごく羨ましかったんだよね。オーウェンさんやワイアットさん、アドルさんたちという次の世代も特別仲が良くてさ。ロニーやレキなんかは一つ上の世代って感じが拭《ぬぐ》えないし、やっぱり同期はアスカだけ。だから、私とアスカもそんな関係を築けたらいいなって思うんだ。もちろん、これから先にはもっと同年代の仲間を増やしていきたい。

「一番の仲間、かぁ。うん、うん……いいね！　メグの特別枠に入れたって感じー！」

アスカはそんな私の答えをしばらく噛《か》みしめた後、嬉しそうに笑ってくれた。ホッ、良かった。お気に召した答えだったみたい。

「ふふっ、今はそれでいいや」

その後、小さく何かを呟《つぶや》いたみたいだったけど、よく聞き取れなかった。首を傾げていたら何でもないよと両手を振り、アスカはすぐに話題を変える。

「それよりさ、魔王城に行くのはいつにする？」

「あ、そうだったね。まだ詳しい日を決めてなかった」

パーティーが終わった後も、私たちはあと一週間くらい休んでいなさいって言われている。もう元気いっぱいだしすぐにでも仕事は始められるんだけどね。本当に過保護すぎる保護者たちである。でもせっかくだからと、私もアスカもお言葉に甘えることにしたのだ。で、その期間中に魔王城に行こうって言っていたんだけど。

「予定がないなら明日から行かない？　どうせ魔王様だってメグに会いたがっているよ！　ぼくたち、今はすごく暇だしー！」

明日かぁ。それはまた急だな。でも、おっしゃる通りすぎて断る理由がない。暇を持て余すのってなかなか辛いからね。つい働きたくなっちゃうし。訓練は魔王城でも出来るし、父様にも早く会いたい。うん、文句なし！

「じゃ、そうしようか！　私、リヒトに連絡しておくね」

「オッケー！　よろしくね！」

送り迎えはリヒトの転移に頼む予定だ。だって一瞬だもん。軽々しく移動に使って悪いなって気持ちはあるけど、そもそも言い出してくれたのはリヒトなので甘えます。

予定が決まったところで、まだまだ食べたりない！　といつの間にか空になったお皿を持ったアスカは、ご馳走に向かって去って行く。本当によく食べる。今日の主役だし、思う存分食べてもらいたいね！

「明日から、行くんだね」

「あ、ロニー！　うん、そうなの。今決めたところ」

ぼんやりアスカを見送っていると、ロニーが交代するように私の隣にやってきた。グラスを両手に持っていて、良かったらどうぞと一つ差し出してくれる。おぉ、優しい！　こういう気遣いをサラッと出来るロニーもまた紳士だ。

「そっか。それなら、またしばらく、会えなくなる」

「えっ……ああ、でも、そうだよね」

申し訳なさそうにそう告げたロニーにちょっと驚いたけど、納得もした。だって、ロニーは旅を一度抜けてきただけだから。まだまだ世界を見て回るという夢は継続中なのだ。

「次はどこに行くの？」

「帰ってきたばかりだし、数年は魔大陸に、いるよ」

「そっか！　それなら連絡もすぐに取れるね」

「うん。ちゃんと連絡する」

ロニーのやりたいことはずっと応援していたい。自由に伸び伸びと、ロニーの人生を楽しんでもらいたいもん。やっぱりちょっと寂しいけどね。

「ねぇ、メグ。もしも、何か悩むことがあったら」

「え？」

少しの間を置いて、ロニーが真剣な顔をしてこちらを見ながらそんなことを言った。なんだろう、大事な話？　そう思ってきちんと身体ごとロニーに向き直る。

「ああ、ごめんね。メグは、最近また、悩んでいるように、見えたから」

「そ、そんなにわかりやすいんだ、私。わかってはいたけど、もう少しなんとかしたいなぁ」

自分の頬《ほほ》をムニムニと解《ほぐ》しながら苦笑すると、ロニーはクスッと笑ってからまた真剣な表情になる。と同時に心配そうな顔だ。

「僕はすぐに駆け付けられない、から。すぐにリヒトに相談、して」

なんだか、本当に頼もしいお兄ちゃんだなぁ。ロニーと、リヒトは私のお兄ちゃんだ。それがくすぐったくて、あったかい。前世でも私は一人っ子だったから、兄弟がどういうものかなんてわからないけど……。二人は自信を持って私のお兄ちゃんだと言える。血の繋がりはないけどね。

「離れ離れでも、いつもメグを、思ってるよ。大事な、妹だから」

そう思っていたら、ロニーも同じことを言ってくれた。へへへ、心は一つだね。つい嬉しい気持ちが表に出ちゃうので、今の私はニヤニヤとだらしない顔になっていると思う。

「ロニー……。うん、ありがとう。でもそれはお互い様だからね？　ロニーだって、困ったらすぐに連絡してよ？　あと、寂しい時も！」

「ふふ、うん。頼りにしてる」

ロニーと一緒にいる時はいつだって穏やかな気持ちになれるよ。自然と柔らかく笑い合える。リヒトは、気軽にあれこれ話せる相手って感じだからまた違うんだよね。でももちろんすごく大切なお兄ちゃん。家族は、どれだけ離れていてもずっと家族だし、常に心の中にいる。会えなくなるのが寂しくても、ちゃんと我慢して待っていられるもん。それは、他のメンバーにも言えることだ。オルトゥスの皆は家族だと思っているから。だけど……。

ギルさんは、違う。なぜだろう？　ギルさんだけは、今は近くにいるというのに寂しいと感じる。そう思うなら自分から話しかけにいけばいいのに、それがどうしても出来ないんだよね。この前、様子がおかしかったからだろうか。

「リヒトに相談、かぁ……」

ちゃんと聞いてくれるだろうか。いや、聞いてくれるのはわかっているんだけど、からかわないでいてくれるかな？　誰かに相談したくて出来ていないことがたくさんあるな。ギルさんのこと、グートのこと、お父さんと父様のこと。

明日からは魔王城で休暇だし、いつでも聞いてもらえる環境にある。身体はもちろん、心も休息させてもらおう。そう考えるだけで、肩の力が抜けた気がした。

昨晩は明け方までパーティーが続いていたみたいだ。なぜそんなことがわかるかって？　ホールの片隅《かたすみ》にあるソファースペースなどでぐったりしている人たちをチラホラ見かけるからです。今日もいつも通りに営業しているから、ホール内の片付けは完璧なんだけどね、パーティーの名残がそこはかとなく漂っているのである。祭りの後の静けさみたいな、そんな雰囲気が。

「二人で大丈夫かしら……。ううん、いつまでも心配していたらダメよね。ただ、何かあったらすぐに連絡してちょうだい！」

「わかりました、サウラさん！」

「もー、サウラは心配性だなー。ぼくたち、人間の大陸にも行って帰ってきたんだよー？」

「あーっ、わかっているのよ！　わかっているけど！　送り出すときはいつだって心配になるのよっ！」

サウラさんは頭を抱えて叫んでいる。ふふっ、いつでも可愛らしい人だよね！　それに、送り出すときは心配になってあれこれ言いたくなる気持ちはよくわかるもん。私も、ロニーの旅立ちを見送ることになっていたら色々言っちゃうだろうし。

そのロニーは三日後にオルトゥスを発《た》つって言っていた。だから、見送りにはいけないんだけど……昨日、しっかり話したから満足だ。キリがなくなるしね！　このくらいがちょうどいいのかもしれない。後は、時々送られてくるロニーからの連絡を心待ちにするつもりだ。

「じゃ、外で待ってようかメグ！」

「うん、そうだね。では、サウラさん行ってきます！」

「ええ！　くれぐれも気を付けてね？　ゆっくり休んで、楽しんでらっしゃい！」

サウラさんは最終的にはこうして笑顔で見送ってくれるのが素敵だな。おかげでこっちも笑顔になるよ！　とはいっても、本当に心配は無用なんだけど。だって行き来はリヒトの転移だし、着いたら魔王城だし。でもサウラさんが可愛いので何も言いません。私とアスカは笑顔で手を振ると、オルトゥスの外に出た。

「あれ、もう来ていたの？　中で待っていればよかったのに」

外に出た瞬間、柱に寄りかかるようにしてリヒトが待っている姿が見えた。すぐに駆け寄ると、リヒトは気まずそうに頭を掻《か》く。

「あー、だってさ。前にユージンさんに言われたじゃん。いくら魔力の登録しているからってホイホイ気軽に来すぎだって」

「き、気にしてたんだね……。だからわざわざ外を指定したの？」

「まーな」

本当なら、リヒトはオルトゥスの内部に転移してこられるのに、外で待ち合わせだって言うから不思議には思っていたんだよね。そっか。意外とそういうところ、気にするタイプだったんだ。律《りち》儀《ぎ》である。

「どちらかというとー、オルトゥスに来る一般客とか事情を知らない人のための配慮でしょー？やるじゃん、リヒト。見直した」

「お前は誰目線で……まぁいい。それに気付けるアスカもさすがだな」

なるほど！　お父さんはともかく、他の人からしたら部外者がホイホイ転移してきているのを見て不審に思うかもしれないってことか。ふむぅ、ちゃんと考えていたんだなぁ。気付けるアスカもすごいし、配慮が出来るリヒトもとてもえらい。私も見習わないとね。

「んじゃ、すぐに向かうぞ。魔王様がめちゃくちゃソワソワしてて仕事にならないから、クロンがピリピリしてんだよ」

「相変わらず過ぎるっ」

父様にちゃんと仕事をしてもらうためにも急いで向かわないとね。それで、ノルマが終わるまでは一緒に過ごせないって伝えないと。私も早くお話ししたいことはあるけど、まずはクロンさんや父様の周りの人たちの心労を減らすのが急務である。

早速、リヒトと手を繋ぐ私とアスカ。目配せで頷《うなず》き合うと、すぐにリヒトは転移の魔術を発動させた。もう何も言わなくても大丈夫なほど慣れている。一年も一緒に旅をした仲だからね！

景色が歪《ゆが》み、オルトゥスから魔王城前へ。敷地内なので城下町の人たちとも会わずに来られました。会いたくないわけじゃないよ！　ただ、今はすぐ父様のところに行きたかっただけです。だって、つい引き留められて長居しちゃうから。ここには一週間ほど滞在予定なんだから、町の人たちにはその間にちゃんと挨拶《あいさつ》しに行く予定だしね。

「やっぱりワクワクしちゃうな、魔王城！」

「あー、アスカはちゃんと滞在すんのは初めてだっけ？」

すでにアスカの目がキラキラ輝いている……！　前に来た時はすぐにオルトゥスに帰っちゃったし。ふふっ、こんな立派なお城の探険が出来るならテンションも上がるよね。わかる。

「魔王様との挨拶が終わったら案内してやるよ。メグはどうする？」

「いやいや、案内は私がするんだよ。リヒトにだって仕事があるんでしょ？　サボろうとしたなぁ？」

「チッ、バレたか」

リヒトはいたずらっ子のように笑って私の頭をポンポンと撫《な》でる。無理だとわかっていて言ったのだろうけど、たぶんあわよくばって思っていたよね。ズルいヤツである。

アスカには色んなところを見せてあげたいな。子ども園にも連れて行ってあげたいし、公園にだって連れて行きたい。そして何よりウルバノとも仲良くなってもらいたい！　子ども園にいたら一緒にどうかって誘ってみよう。この調子だと、一週間は意外とあっという間に過ぎちゃうかもなぁ。

なにはともあれ、まずは父様の下《もと》へ。周囲をキョロキョロ見回しながら歩くアスカの手を私とリヒトが両サイドから引っ張りながら執務室へと向かった。

「メグ！　待っておったぞ!!」

執務室のドアを開けると、想像していた通りの光景が待っていた。机の上に山のように積まれた書類や本、魔道具の数々……。うん、散らかっている。というか綺麗《きれい》になっているのを見たことがあまりないけど。

「今日から一週間お世話になります。アスカも一緒に来たんだよ」

「こんにちはー、魔王様！　よろしくお願いしまーす！」

ニコニコと人懐っこい笑顔に父様も優しく微笑む。父様って子どもが好きだよねー。というか、基本的に人が好きなのだと思うけど。

「アスカか。もちろん歓迎するぞ！　もてなしの準備は出来ておる！　早速……」

「待って、父様はちゃんとお仕事を終わらせてね？　じゃないとクロンさんたちも困っちゃうでしょ？」

「うぐぅっ……！」

チラッと見ただけでわかるくらいの仕事量だからちょっと心苦しいけど……ここは少しだけ心を鬼にしないと。でも、本当にすごい量だな。

「えっと。無理はしないでもらいたいけど、最低限は済ませよう？　じゃないと、私も安心して父様との時間を過ごせないもん」

「ぐ、ぬぬ。メグが安心出来ぬというのは由々《ゆゆ》しき事態だ。クロン、今日のノルマは⁉」

「何度も申し上げていますが？」

父様の質問に、クロンさんは執務机に目を向けた。あ、つまりアレ全部ってことね？　うわぁ……。今日中に終わる量なのか心配である。

「い、いやさすがにあのノルマを今日中に達成は出来ぬであろう……？」

「そんなことはありません。ザハリアーシュ様が本気を出せばこの程度、余裕でしょう」

「もう少し労《いた》わってくれても良いと思うのだ！　ここ最近は我もサボってばかりではないぞ？」

ばかりではないだけで、少しはサボっている自覚があるらしい。集中力が続かないタイプっぽいんだよねぇ、父様は。その分、やる時はものすごい勢いでこなすみたいだけど。極端である。それを知っているからこそクロンさんもあのくらいは出来ると思っているのかもしれない。

さらに父様曰《いわ》く、本当にこのところは真面目に仕事を進めているのだそう。リヒトも最近は城下町にサボりに行く姿を見かけていないとのこと。単純に、仕事の合間の休憩が多くなっただけなのかな？　そこまで考えてハッとする。

「で、ですが」

「なぁ、クロンよ。我はもうあまり無理を続けたくはないのだ。人員は増やしておるであろう？」

「……そう、ですね。わかりました。ではあちらの山を片付けるのが今日のノルマといたしましょう」

「うむ！　そのくらいなら一気に片付けてみせようぞ！」

お父さんの疲れた顔を思い出したのだ。それに加えて今の父様の言葉。……やっぱりそうなんだなって突きつけられた気がして胸が痛んだ。でも、そんな素振りを見せないように笑う父様のために、私も笑顔でいよう。父様の手を取ってギュッと両手で握りしめる。

「夕飯は一緒に食べよう？　それと、寝る前の時間は父様と二人でお話ししたいな」

「ぐはっ、なんと可愛らしいおねだりなのだ……！　もちろんだとも、メグ！　楽しみがあるとやる気も出てくるというものであるな！」

こうして話している分にはいつも通りの父様だ。お父さんと違って疲れが顔に出ていないのはさすがってところかな。それだけでホッとしちゃう。もちろん、胸にはズッシリとしたものがのしかかってきているけれど。

「魔王様、俺も手伝いますんで。そしたら、意外と全部終わっちまうかもしれないですよ」

「おぉ、頼もしいなリヒト！　ではお言葉に甘えるとしようぞ」

「はい。メグに振られた者同士、頑張《がんば》りましょう」

ちょっとリヒト、その言い方だと私が酷い女みたいじゃないか。二人とも仕事があるのに、客が来たのをいいことにサボろうとするのは良くないと思います！

「じゃ、私たちは城下町の方にも行ってくるね！　あ、ウルバノにも声をかけていいかな？」

「くっ、メグとのデートなど羨ましいぞ！　だが、そうだな。ウルバノも一緒に連れて行ってやってくれ。きっと喜ぶ」

よし、許可も得た！　これで心置きなくウルバノもお出かけに誘えるね。だってそうでも言わないとウルバノは遠慮しそうなんだもん。私はもっと友達のように接したいんだけど、ウルバノったら自分は従者だからって考えの方がまだ強いみたいで。もちろん、そうしたいというウルバノの意思は尊重したいから強くは言えないし、私も別にそれでいいんだけど……。うーむ。ちょうどいいバランスを探っていきたいところである。

「ウルバノって、巨人族の子だよね？　うわぁ、ぼくすっごく久しぶりかも」

「もしかして闘技大会の時ぶり？　それは確かに久しぶりだよね。ふふ、すっごく大きくなってるからビックリするかも」

とはいっても、私も会うのはちょっとだけ久しぶりだ。魔王城に来た時にいつも会えるわけじゃないからね。巨人族という種族柄、人より身体が大きいウルバノには会う度に驚かされる。今はきっと身長もリヒトより大きいんじゃないかな。まだ成人前なのに。

「それは楽しみかも！　訓練もしているんだっけ？　手合わせとかもしたいなー」

「あ、それはウルバノも喜ぶかもしれない。同年代と戦う訓練なんてあまり出来ていないだろうから」

ウルバノはリヒトに訓練をしてもらっているんだよね。真面目だから一人の時も繰り返し訓練ばかりしているのだそう。無理をしがちなのが玉に瑕《きず》だとか。きっと強くなっているんだろうな。アスカと手合わせをするというのなら、私も見学したいなー。

というわけで、早速アスカを連れてやってきたのは子ども園だ。ウルバノもここにいることが多いし、子ども園も案内出来て一石二鳥である。魔王城の敷地内にあると教えると、アスカは目を丸くして驚いてくれた。案内のし甲斐《がい》があるね。なんでも興味津々《しんしん》で聞いてくれるから本当に聞き上手だ。

「へー、ここが子ども園なんだ。いいなぁ、同年代で集まって遊べる場所っていうのー。憧れるー」

「私たちは環境的にも種族的にも歳の近い子が周囲に少なかったもんね……」

そして気持ちがすごくわかる。周囲の大人たちが飽きないようにとあれこれ工夫してくれたり、時々同年代の子と会うことはあっても、一度にたくさんの同年代が集まるような場所はなかったから。前世では普通に通っていた学校が恋しくなるなんて思ってもみなかったなぁ。どんな風に過ごしていたのかも今ではあまり思い出せないけど。

子ども園に一歩足を踏《ふ》み入れると、庭で遊んでいた子どもたちが私たちに気付いてわぁっと駆け寄ってきた。か、可愛いっ！　取り囲まれながらこの人誰？　と注目を集めるのはアスカである。初めて見る人は気になるよねー。特にこれだけキラキラした美少年なら余計に。もちろん、中には人見知りをして私の後ろに隠れる子もいるけど。いずれにせよ可愛い。

子どもたちに取り囲まれて質問攻めが続いたけれど、そこはさすがのアスカである。持ち前の気さくさと明るい口調であっという間に子どもたちと仲良くなってしまった。わかっていたけど、やっぱりすごい。というか、もはや友達といってもいいくらいの打ち解けっぷりだ。く、悔しいっ。ぐぬぬっ！

「いいなぁ、アスカはあっという間に友達になれて」

「え？　メグだってみんなと仲がいいんでしょ？」

「仲はいいけど……」

私が悔しがるのにはちゃんと理由がある。だって、だって！

「メグ様っ！　こんにちは！　ど、どうぞゆっくりしていってくださいね！」

「め、メグ様だぁ！　今日いらっしゃる予定でしたもんね！　うぅ、相変わらず麗《うるわ》しいです……！」

慕《した》ってはくれる。それはもう熱烈に。すごく嬉しいし、可愛いし、ありがたいけど……！　どう頑張っても友達という仲にはなかなかなれないのだ。くっ！

「あー……なんとなく察した。友達というよりも憧れになっちゃうんだね」

「ここで友達づくりをしようと頑張ったこともありました……」

思わず遠い目になってしまう私を見て、アスカもすぐに理解してくれた。もちろん、嫌じゃないよ！　みんなが思ってくれる気持ちは本物だってわかっているもん。ただ、友達という気軽な仲にはなれそうにないのだ。魔族は力に惹《ひ》かれるのだから、魔王の血を引く私にそうなってしまうのも仕方ないけど！　いいの、諦めているから。ちゃんと次期魔王として振舞うくらいの覚悟は出来ている。魔王になる覚悟までは出来ていないけどね。ダメダメである。

「め、メグ様！　それに、アスカも……！」

「わー！　えっ、ウルバノ!?　すっごい、予想以上に大きくなってるしー！」

ほんのわずかに落ち込んだ時、建物の方からウルバノがやってきた。確かにすごく大きくなってる！　私はアスカよりも頻繁《ひんぱん》に会っているけど、それでもビックリするからアスカはもっと驚いただろうな。

「久しぶりだねー、ウルバノ！」

「うん。手紙ではやり取りしているけど、会うのはすごく久しぶり」

「なんだよぉ、めちゃくちゃ筋肉ついてるじゃん。羨ましいなー、ぼくはいくら鍛《きた》えてもそんな風にはつかないんだよねぇ」

アスカがなかなかの勢いで体当たりしにいき、それを難なく受け止めて普通に会話を続けるウルバノ。アスカだってそこそこパワータイプなのに微動だにしなかったよね？　私はそこに驚いたんだけど、アスカは気にしていないみたい。まぁ、確かにウルバノはかなりガタイが良くなったし、その程度じゃビクともしないだろうなっていうのは見てすぐわかるけど、それでもだ。

「実力はまだまだだよ。技術力も追いついてないから……」

「そうかなぁ？　あ、そうだ。滞在中に手合わせしよ！　訓練になるでしょ？」

「いいの？　嬉しい。じゃあ頼むね」

しばし、男子たちのじゃれ合いをニコニコと見させてもらう。ひ弱に見えて好戦的なキラキラエルフ男子と、強そうに見えて保守的で優男な巨人族の友情……。どちらも訓練大好きな努力家ってところが共通点である。

さて、このままだと今すぐに訓練を始めそうな勢いなのでそろそろ声をかけさせてもらいます！

「二人ともちょっと待って。訓練はまた今度っ！　これからアスカに城下町を案内するって話だったでしょ？」

「あ、そうだった！」

やっぱり今から訓練を始めるつもりだったらしいアスカは、頭を掻きながら誤魔化《ごまか》して笑う。まったくもー。ま、いいけどね！

「それで、ウルバノも一緒にどうかなって誘いに来たの。もちろん、父様の許可はもらってます！」

「根回し済み、ですか？　メグ様には敵いませんね。へへ、じゃあご一緒させてください」

真面目なウルバノのことだから、子ども園のお手伝いがあるとか、魔王様に聞いてから、とかで遠慮しそうだと思ったからね！　根回し大成功だったようだ。ふふふん。

話がつくと、すぐにウルバノとアスカと私の三人で城下町へと繰り出した。覚悟を決めていた通り、町の人たちには何度も囲まれちゃったけどね。でも、その度に美味しいご飯やおやつ、お花や食材なんかももらっちゃったので、アスカは終始ご機嫌でした。この子には食べ物を与えておけばいい、みたいなところがあるからね……！　それに、最近の町の様子や流行、子どもたちの様子や父様の評判も聞けて私としても充実した時間を過ごせたよ。ウルバノも、逞《たくま》しくなったねーって色んな人に背中を叩《たた》かれて照れていたな。あれ？　ウルバノったら実はあんまり城下町には行ってなかったり？　照れ屋さんだからそれも仕方ないか。もう大人と言ってもいいくらいの成長をしたウルバノだけど、そうして恥ずかしそうにする様子が年相応な子どもって感じでちょっとだけ安心した。べ、別に置いて行かれそうで寂しいとか思ってないもん。ちょっとだけだもん。

「はー、城下町の人たち、みんな親切だったなー！」

「アスカ、すっごく色んな物をもらってたね……？　メグ様よりたくさんだったかも」

町を抜けて、丘の上にある公園へと向かいながら談笑を続ける私たち。アスカって贈り物のしが

いがあるからねー。私も、ついあげたくなっちゃうもん。

「でもさ、ぼく……ちょっと誤解してたんだよね」

「誤解？」

アスカが少しばつの悪そうな顔を浮かべて言うのは珍しい。私はウルバノと目を合わせてから二人してアスカの顔を覗《のぞ》き込んだ。

「魔族ってさ、亜人《あじん》と違ってもっと近寄り難いかと思ってたんだー。魔王様が唯一《ゆいいつ》！　魔王様万歳！　ってイメージがあったっていうか……」

「あ、それは間違ってないと思う」

アスカの言葉に、ウルバノがすぐに同意を示した。事実、城下町に住む人たちは魔王至上主義だからね。ひとたび魔王の悪口なんか口にしたらすごい勢いで冷たい視線を向けられるだろうし、下手すると攻撃されると思う。実は過激派なのである。でもまぁ、アスカの言いたいこともちょっとわかるよ。たぶん、もっと近寄りがたいと思ってたんじゃないかな？

「なんとなく自分とは違う人たち、みたいに思っていたところがあってさ。人間たちが魔大陸の者たちのことを誤解していたのは、こういう気持ちだったのかなって思ったたっていうかー」

ああ、なるほど。確かに同じような感覚かもしれない。そういう誤解はやっぱり実際に会って接してみないとわからないよね。人間の大陸を旅して本当に実感した。やっぱり、話に聞くのと実際に会って体験するのとでは大きく変わる。

「ここに来てよかったたって思ったのとー、まだ知らないことだらけだなって」

「そうだね。私も知らないことだらけだよ」

「ぼ、僕なんか、もっとかも……！」

そう、私たちはまだ知らないことが多い。色んなことを知っていかなきゃ、っていうのもあるけど、知らないことをイメージだけで決め付けないようにしたいよね。気を付けていても、無意識に思い込んでいることとって多いから。

「これから知っていこうよ。私たち、同期でしょ？」

「同期……？」

「おー！　同期ー！　いいね、良い響きだねー」

私の言葉にウルバノが首を傾げ、アスカが嬉しそうに同意した。よくわかっていないウルバノには私からそうだよ、と声をかける。

「だって、私たちって同年代でしょ？　一緒に成長していける仲間ってことだよ」

「一緒に成長していける……えっ、仲間、ですかっ⁉」

ウルバノは予想通り慌てたように手を横に振っている。自分はまだまだだからって。言うと思ってたよー。アスカも予想がついていたのか肩をすくめている。それから軽くウルバノの肩をパンチした。

「実力差なんかどーだっていーのっ！　そんなこと言ったらぼく、魔力ではメグに勝てないし、力じゃウルバノに勝てない中途半端なヤツじゃん」

「えっ、そんなこと……」

「そんなことあるでしょ。事実だもん。けど、ぼくはそれで自分が弱いヤツだとか、ダメなヤツだとか思ったことないよ。ぼくにしか出来ないことがあるし、役に立てるって自信があるから」

アスカは両手を腰に当てて胸を張って言い切った。そういうとこだよ。アスカのすごいところはそういうところだ。自分のことをちゃんと知っていて、絶対に自信を失わない。それってそう簡単に出来ることじゃないよ。

「ウルバノにはないの？　自信。そんなんで、メグに仕えるだなんてよく言えるよねー」

「なっ、ぼ、僕だって、自分に出来ること、あるっ！」

「おっ、その調子ー！　ね？　だからぼくたちはライバルで、仲間なんだよー。わかった？」

「うっ、わ、わかった」

そして、あっという間に自信のないウルバノを説得しちゃった。こういうところは真似しようと思っても無理だ。アスカにしか出来ないことである。

「カッコいいなぁ、アスカ」

「へっ⁉」

あ、声に出てたみたい。アスカがものすごくビックリしながら振り向いた。

「うん、カッコいいよ、アスカ」

「う、ウルバノまでぇ⁉　ちょっとー、やめてよー！　ぼくは確かにカッコいいけど、急にそんなこと言われたら恥ずかしいーっ！」

おや？　珍しい。アスカが顔を真っ赤にするなんて。貴重な姿が見られたかも！　ウルバノと私はそれから少しの間、照れるアスカを見ながらニコニコと笑い合った。

それから、私たちは公園を散歩したり遊具で遊んだり、のんびり座ってお話ししたりと楽しい時間を過ごした。たくさん喋《しゃべ》ったなー。特に、ウルバノは人間の大陸のことを興味津々で質問してきた。自分もいつか行ってみたいって。きっと、これからはもっと互いの大陸への行き来が出来るようになると思うから、チャンスはあるはず。その時は、私も一緒に行って案内が出来たらいいな。マキちゃんの里帰りとかしてみてもいいかも。あまりいい思い出はないかもしれないけど、生まれた土地だしね。まぁその時はマキちゃん本人に聞いてからにするけども。

「今日は案内ありがとうね、ウルバノ！　ぼくたちまだ魔王城にいるからさ、また話そうよ」

「こ、こっちこそ！　むしろ色んな話を聞かせてもらえて楽しかった。今度は僕が話す」

「いいねー！　そしたら、子ども園のこととかいつもやってる訓練について聞かせてもらっちゃうよー？」

男子二人はさらに仲を深められたみたいだ。訓練の約束もしていたし、きっともっと仲良しになるよね！　え、訓練を私も？　遠慮します。二人の訓練内容を聞いたけど、身体を苛《いじ》め抜くヤツじゃないか。動けなくなるから無理。私は私にあった訓練をしますのでっ！

2　父娘《おやこ》だから

子ども園の前でウルバノと別れた私は、アスカと一緒に城内へと戻ることに。陽も暮れてきたから、そろそろ食事の準備になるだろうしね。

「ねー、メグ？」

「ん？　なぁに？」

城門を抜けてお城に向かっていると、アスカに声をかけられる。振り向くと、意外にもアスカが少し真剣な顔になっていたからビックリした。ど、どうしたのかな？

「今度はさー、ちゃんと二人きりでデートしてよ」

「えっ」

その言葉に対してなのか、アスカの真剣な目からか。なんとなくいつもとは違う雰囲気にドキッとしてしまう。なんだか、改めてアスカも大人に近付いているんだなって気付いたというか。急に大人びて見えて戸惑うというか。

「だって、約束したじゃない？　人間の大陸で調査してた時にさ、帰ったら二人で一緒に出掛けてくれるって」

忘れちゃったのー？　と少し拗《す》ねたように言うアスカはいつも通りのアスカだったからホッとしたけど。でも、真剣に言うくらいアスカにとっては大真面目で大切な話だってことだよね。

「もちろん、覚えているよ。今日はウルバノも一緒だったもんね。うん、二人でおでかけしようね」

「ほんと!?　やったぁ！　よかった、二人きりは嫌だって言われたらどうしようかと」

私が答えると、アスカは安心したように胸に手を当ててものすごく喜んでいた。大げさな……！　とは思うけど、気にしていたのかもしれない。ごめんね。

「嫌なんて言うわけないでしょ？　心配性なんだから」

「えー？　わかんないよー？　だって、さ」

私が笑いながら言うと、アスカは意地悪そうに笑ってまた大人びた顔になった。一体、いつの間にそんな表情が出来るようになったのだろうか。

「ぼくたち、昔みたいに幼い子どもってわけじゃないんだから」

アスカは、どことなく寂しそうに優しく笑った。アスカがどんなことを考えて言っているのかはよくわからないけど、大人になるのが嫌なのかな？　……ううん、アスカは早く大人になりたがっていたし、それはないか。じゃあ逆に早く大人として見られたいとか？　うーん、よくわからない。

「それって、どういう……？」

「わからない？」

困惑気味に聞き返したら、やっぱり意地悪そうにニッと笑うアスカ。そ、その笑みはちょっと色気が漂っているんですが……！　えっ、あれぇ？　アスカって私より年下だったはずなのに、どうしてこんな色気を醸《かも》し出せるの？

「わからないならそれでいいよー。ぼくはどっちでも満足だから」

ほんのりと熱くなった顔に手を当てていると、アスカがいつも通りにケラケラ笑ってくれた。ホッ。わからないなら、って……。いいもん、気にしないもん。でも、なんだかメグは子どもだなー、と笑い飛ばされたみたいでちょっと悔しい。前世分の経験値、どこいった。

ご機嫌な様子で前を歩くアスカの背中を見ながら、ずいぶん男の人っぽくなったなぁと改めて思う。私も、ちゃんと大人っぽくなれているかな？　置いて行かれるんじゃないかって、また少し不安になった。だって、私だけが前に進めていないような気がするから。ううん、焦っちゃダメだよね。人は人、私は私なんだから。もう、いつまでたっても同じことで繰り返し悩んでる。しっかりしなきゃ。

「おー、おかえり。楽しめたか？」
「リヒト！　うん、たくさんお話ししちゃったー」
「そか。ウルバノも喜んだだろうな」

それでもどこか釈然としない気持ちのまま城内の廊下を歩いていると、リヒトに声をかけられる。ちょうど私たちを捜しに行くところだったのだそう。おー、すれ違いにならなくてよかった。父様の仕事がもう少しで終わるから、先に私たちを部屋に案内してくれるとリヒトは申し出てくれた。私はいつも泊まる時に使う部屋に一人で向かうので、リヒトにはアスカの案内だけを頼んだよ。ここに泊まるのも慣れたものだからね。久しぶりではあるけど。それに魔王城で働く侍女《じじょ》さんや執事さんはみんな優秀な人たちなので、困っていたらすぐに助けてくれるし！　優しい！

ちなみに、私が来た時用の部屋は、私しか使わないとのことでもはや魔王城での自室となっている。なんだか申し訳ない気もするけど、部屋は余っているということなので遠慮なく使わせてもらっているんだよね。場所は、父様の部屋と数メートルほどしか離れていない。そして、執務室にも近い。いずれ魔王として執務に励むことを思えば当然の配置といえるんだけど……ちょっとだけ複雑。だって、父様を見ていたら本当に大変そうなんだもん。私にあの仕事が出来るのか。それだけでなく、一国の王として民を守れるのかって考えるともう。

いや、考えるのはやめよう。今考えたってウジウジするだけだし、いざとなったらやらざるを得ないんだから。少しずつ慣れていけばいいのだ。……はぁ。ダメだな。せっかくの休暇なのに気分がなかなか上がらないや。

「メグ様」

自室に戻って窓を開けていると、部屋を訪問してくる人の声が。これはクロンさんの声だね。どうぞ、と返事をすると、予想通り水色の髪をキッチリ結い上げたメイド服姿のクロンさんが姿を見せて父様が呼んでいると教えてくれた。あれ、もうすぐ仕事が終わるからって話じゃなかったっけ？

「夕食前に少しだけ話したいとのことですよ。今日はかなり頑張ってくれましたので、労ってあげてくれませんか？」

首を傾げていると、クロンさんが僅《わず》かに苦笑しながら教えてくれた。リヒトと結婚してからと言うもの、表情が柔らかくなったよね。よく笑顔を見せてくれるし。笑顔、というより微笑みって感じだけど。うんうん、いいことだ。

「わかりました。執務室に行けばいいですか？」

「はい。お願いします。私は食堂で準備をしてまいりますので、ザハリアーシュ様と一緒にいらしてください」

クロンさんはそれだけを伝えると、失礼しますと頭を下げてから部屋を出て行った。そっか、父様はたくさん頑張ってくれたんだね。それならぜひ、親子の触れ合いタイムを多めにとらせてもらおう。正直、私としても父様と二人で過ごす時間を増やしたいと思っていたし。……お父さんの様子のことも考えると、ね。早速、私は執務室へと向かった。

「おぉ、メグ。来てくれたか」

執務室のドアをノックするとすぐに返事が来て、父様が笑顔で出迎えてくれた。それから、来客用のソファーに座るよう穏やかに告げる。つくづく、父様って紳士的だなぁって思う。超絶美形だし、強いし、優しいし。……残念な人だけど。

「父様、何か話したいことがあったの？」

私が座ったところで問いかけると、斜め前のソファーに腰を下ろした父様が気まずげに視線を逸《そ》らした。

「あっ、別に特別な用がなくてもいいんだよ？　私も父様と一緒に過ごしたいって思っていたから！」

「ああ、メグ……！　本当に優しい娘であるな!!」

あっ、感動させてしまった。まぁいつものことなのでニコニコしておきます。嬉しいことだしね。照れくさいけど。

「我も、メグと一緒ならどんな話でも、話がなくとも幸せなひと時を過ごせるぞ」

とても嬉しそうに頬を染めてそんなことを言う美形魔王。父親と言えど、この顔面は直視出来ない美しさです……！　うっかり照れてしまって視線を逸らしちゃった。だって眩《まぶ》しいんだもん！

「だが、ちゃんと呼んだ理由はあるのだ」

続く父様の言葉にパッと顔を上げる。そっか、話はあったんだね。なんだろう？

「その。メグの様子が少し、変だったように思えてな……気になったのだ」

気のせいだというのならそれでいいのだが、とモゴモゴと言う父様を、私は目を丸くして見ていた。

「気付いていたの？」

確かに、父様に聞きたいことがあった。だけど、そんなに顔に出ないように気を付けていたのにな。まぁ、私だしな。バレていてもおかしくはないか。それでも、様子がおかしいって他の人には気付かれなかったのに。

「もちろんであるぞ。我はメグの父親であるからな！」

ドヤッ、と胸を張る父様を見ていたらなんだかおかしくなってきた。と同時に、やっぱり自慢の父親だなって思う。お父さんも父親だし接する時間は多いけど、やっぱりメグの父親は魔王である父様なんだなって思うよ。お父さんに感じるような気安さはないけど、安心感っていうか、愛情っていうか……そういうのが胸の奥の方でじんわり広がっているから。

「……うん。あのね、本当は今回、父様に聞きたいことがあったの」

だけど、少しゆっくり話したいから食事の後に時間をとってもらえないかと素直に告げた。長くなっちゃうかもしれないし、これから夕飯って時に話すのはちょっと、ね。

「我の勘は当たっていたのだな」

父様はフワリと微笑んで、膝《ひざ》に腕を乗せて少し身を乗り出した。

「娘が話したいと言ってくれているのだ。もちろん、食事の後にゆっくり聞かせてもらおう」

「ありがとう、父様」

穏やかで、優しい時間だ。だからこそ、話す内容を思うと泣いてしまいそうになるけれど、たぶん泣いてしまっても父様は受け止めてくれる。そんな安心感が私を支えてくれた。


「うんまーいっ！　魔王城の料理、すっごくおいしいねー！」

魔王城での食事は基本的に厳《おごそ》かな雰囲気だ。まず、食事をするテーブルがすごく長くて、一番端に父様が座る。その斜め隣に私とリヒトが向かい合って座り、今日は私の隣にアスカが座っていた。

というわけなので、長いテーブルの端っこしか使っていない。部屋は広く、テーブルは長いのに。だからか妙に静かになっちゃって、室内の雰囲気も相まって普段は厳かな雰囲気になりがちなのだ。

「特に肉がさー！　脂《あぶら》の乗った肉も好きだけど、ぼくはこういう肉！　って感じのが好きー！」

しかし、今日はアスカのウキウキとした明るい声が場違いな勢いで響いている。広いからね、声も響くんだよね。

「今日は賑《にぎ》やかでとても良いな！　好きなだけ食べると良いぞ、アスカ」

「やったぁ！　ぼく、たくさん食べちゃおーっと！」

「魔王様、こいつマジでめちゃくちゃ食いますよ？　ビックリしますよ？」

「ほう、それは楽しみであるな！」

もちろん、それはとてもいいことだ。父様も嬉しそうだし、私も楽しい。いっぱい食べるアスカは見ていて気持ちがいいから父様にもぜひ見てもらいたいと思っていたんだよね。いやはや、いつ見ても羨ましい。あれだけ食べても体型が変わらないってところもすごいよねぇ。その分、消費しているのかもしれないけどなかなかああはいかない。体質なんだろうなぁ。

アスカのおかげで、食事中は終始楽しい雰囲気が続いた。ムードメーカーは場所を選ばないのである。素晴らしい！

「ぼく、魔王様にも訓練を見てもらいたいなぁ」

「アスカは向上心に溢《あふ》れておるな。構わぬが、我の修行は厳しいぞ？」

「えっ、いいんですか⁉　やった、望むところです！」

そしてちゃっかり父様直々の訓練の約束まで取り付けていた。さすがである。というか、休暇のために来ているのに訓練ばっかりだなぁ。ウルバノとも約束していたし、たぶんリヒトにも頼むだと思うし。好きだからこそやるのだろうから止める気はないけど、ほどほどにしてもらいたいね。無理して疲れてしまったら元も子もないもん。ただ、私もダラダラ休んでいるばかりでいいのかなってちょっと焦っちゃう。少しくらいは私も訓練しておかないと……！

こうして賑やかな夕食の時間は終わり、フリータイムとなった。リヒトはソワソワしていたのでクロンさんとの約束があるのだろう。いやぁ、わかりやすい。アスカは食休みしてからお風呂に入るとのことで、それまでは執事さんと談笑して過ごすという。私は、このまままっすぐお風呂に向かおうと思っている。その後、父様の部屋に。話を聞いてもらう約束をしていたからね。緊張するけど、きっと大丈夫。だって父様だから！

すでに父様は部屋にいるはず。いや、いる気配があるからわかっているんだけど。今更ながらに緊張しちゃってなかなかドアをノック出来ずにいる私。でもここで立ち尽くしていることくらい父様だって気付いていているよね。私以上にヤキモキするだろうからサッサとノックしてしまおう。

「と、父様！　メグです」

ドキドキしながら伝えると、中からはすぐに返事が来た。その声が少し緊張しているように聞こえたから、思わず肩の力が抜けちゃった。だって、父様も同じ気持ちなんだって思ったらつい。

「父様、こんばんは。……あれ？」

「む、どうしたのだ？」

部屋に入って父様を見た瞬間、わずかに違和感。だけどすぐにそれが何か気付いた。服装が違うんだ。いつも黒を基調とした格式高そうな服を着ている父様だけど、今は少しだけラフな作りの服装になっていた。寝る前だからかな？　ちょっと珍しいものを見た気分。

「ううん、父様のラフな格好を初めて見たから」

「そうであったか？　……そうかもしれぬな。最近は我も夜には少し眠るようにしているからな」

けど、続けられた言葉には少しビクッと反応してしまう。何日も寝なくても平気だったはずなのに、って。それをちゃんと見ていた父様は、少し心配そうに眉尻を下げるとこちらにおいでと手を伸ばしてくれた。

「おっと、すまぬ。つい幼い頃のように手を出してしまうな」

それからすぐにその手を引っ込めた。気遣いはすごくありがたいし、申し訳ない気持ちになるけど……今は少しだけそれが寂しい。ワガママか、私は。今は周囲に誰もいない。父様と二人だけだ。

それに、話の内容が不穏なものだけに少しだけ寄り添っていたい気持ちになる。ワガママに、なってもいいかな……？　私はおずおずと父様に近寄ると、思い切って父様の膝の上に座った。

「よ、よいのか？　メグ。我は嬉しいが」

「うん。今日だけ。でもみんなには内緒にしてね……？」

チラッと父様を見上げながら言った私の顔は赤くなっていたと思う。だってもうすぐ成人になるというのにいまだに父親に甘えるなんて恥ずかしいじゃないか。ちなみに、これはお父さんには出来ないことだ。でも父様には出来る。変な線引きだけどそういうよくわからない何かがあるのだ。

「……どうしたのだ、メグ。このことも、これから話すことも、我は誰にも言わぬぞ？」

頭上からすごく優しい声が降ってきたのでパッと上を向くと、声と同じ優しい顔をした父様と目が合った。なんか、その顔を見ただけで泣きそうになっちゃった。けど、目を逸らさずにそのまま口を開く。緊張で心臓がバクバク鳴っているけど、勇気を出して。

「最近、お父さんが仕事を休みがちだなって思っていて」

「ユージンが？」

「……それでね？　今、父様も最近は夜に寝るようにしているって聞いて」

「……」

そこまで言っただけで、父様は何かを察したみたいだった。そのまま黙って私の言葉の続きを待ってくれている。

「二人とも、すごく魔力がたくさんあって強くて……疲れるってことを知らないんじゃないかって、みんなにも思われているよね。それはたぶん事実でもあったはず。けどね、最近二人とも、会う度に少しだけ疲れているように見えたの」

心拍数が高くなる。違っていてほしいという願望と、ちゃんと受け止めなければという思い。声が震えないようにするので精一杯だ。

「……ね、正直に教えて、ね？　違ったら違うって、笑ってくれていい。父様にこういうことを聞くのは違うのかもしれないけれど……」

不安で仕方なくて、今にも泣きそうだ。けど、目は逸らさない。ちゃんと聞くんだから。父様の黒い瞳に、必死な私が映って見えた。

「父様とお父さんは、寿命が近付いてきているんじゃない……？」

気を付けてはいたけど、私の声は自分でもわかるほど震えていた。答えを聞くのが怖くてたまらない。違うと言ってほしい。酷いなって笑ってほしい。そんな心配なんかしていたのか、って困ったように微笑んでほしい。だけど、父様の瞳は戸惑ったように揺れている。それだけで私の求めている答えにはならないんだってわかった。

沈黙が落ちる。どれほどそうしていただろうか、ふいにサラリと目の前で父様の綺麗で長い髪が揺れた。その奥で、真剣な目をした父様が私の顔を覗き込んでいる。

「……ああ、そうだ。我らの命は、もう長くはない」

父様は静かにそう答えた。ショックで、しばらく息を止めてしまう。さっきまで泣きそうだったのに、不思議なもので涙まで引っ込んでしまった。薄情なのかな、私。自分が今どんな顔をしているのかわからないけど、父様がそんな私を見て慌てたように付け足してくれた。

「だ、だが、勘違いしてはダメだぞ！　そうはいっても今すぐではない。メグが成人するまでは生きておるからな！」

いつもの父様の様子に少しだけ安心した私は、止めていた息を吐きだす。そ、そっか。すぐじゃないんだ。いや、でも私が成人するまでってことは。

「……それって、十年くらいってことだよね？」

「うっ……そ、そう、なるな」

予想以上に早い。二十年は持たないってことだ。人間の感覚ならまだ少し時間があるって思うかもしれないけれど、私たちにとってはあっという間だ。だってそれは、成人したらすぐって言っているのと同じだもん。そんなに？　そんなにすぐなの？　大人になった私は、すぐにお父さんと父様を喪《うしな》ってしまうの？　ずっと嫌な音を立てている心臓が、ギュッと締め付けられてさらに苦しくなる。二人を喪った後の未来を想像出来なかった。想像したくなかった。だって、オルトゥスはどうなるの？　魔王城は？　二人のいない世界なんて、考えられないよ。私はまだ、二人になんの親孝行も出来ていないんじゃない？　それなのに、あと十年しかないなんて。冷静に考えればその十年でまだ親孝行も間に合うって思うのだろうけど、今の私はそんな風に考えられなかった。甘ったれかもしれない。でも、それだけ二人の存在は私にとって大きくて……とてもすぐには受け入れられない気がした。

何も言えなくなって俯《うつむ》いた私を、父様はそっと抱き寄せてくれた。そして、今後のことを少しずつ話さなければと思っていたのだ、と教えてくれる。

「それなのに、結局メグから話を切り出させてしまった。父親失格であるな……」

ギュッと父様の胸にしがみつくと、少しだけ私を抱き締める腕に力を入れてくれたのがわかった。だからこそ気付く。父様の手も、少しだけ震えていることに。この震えは、何によるものだろうか。恐怖？　だとしたら、父様は何に恐怖しているのかな。たぶん、自分の死に対してではない気がする。だとすると、別れかな？　それとも、こんなにも頼りない娘を残して逝《ゆ》くのが怖いのだろうか。

私はしっかりしなきゃいけないんだと思う。だけど、出来ない。二人がいなくなるなんて考えただけで心が落ち着かなくなるのだから。ごめんなさいって思うよ。だけど、しっかりするにはまだ時間がかかりそうだ。

「……我とユージンは魂を分けあった運命共同体。同時に命の火を消すだろう。そして我もヤツも、最期の瞬間はいつも自分がいる場所にいたいと望んでいる」

最期の瞬間という言葉にまたギュッと胸が締め付けられた。でも、望みだというのならちゃんと聞かないといけない。えっと、いつもいる場所……。つまり父様は魔王城で、お父さんはオルトゥスで最期を迎えたいって思ってるってこと？　それはそう、だよね。選べるのなら、慣れ親しんだ場所で親しい人たちに囲まれて最期を迎えたいと誰もが思うはずだ。

なんだかその瞬間が現実味を帯びてきて、余計に怖くなる。この温もりや優しい声が、永遠に失われるんだってことが耐えられない。想像だってしたくない。でも、見ないフリをしていたらダメだってことくらいわかるよ。だけど、だけど。

どうしたらいいのかわからなくなって混乱していると、さらにギュッと父様の手に力がこめられるのを感じた。

「メグ、その時はユージンの下に行ってやってくれ」

「え」

思ってもいなかった発言に、驚いて顔を上げる。どういうことだろう？　と考えて、すぐに思い至った。そっか。同時に命が消えるということは……私は、どちらか一人しか最期を看取《みと》ることが出来ないということなんだ。え？　ちょっと待って。じゃあつまり、父様はそれをお父さんに譲ると、そう言っているの？　なに、それ。胸の奥が。痛い。

「……だ」

考えるまでもなかった。

「嫌、だ……っ！」

「め、メグ!?」

キッと父様を睨《にら》んで、両拳を握りしめる。それからポカポカと父様の胸を思いっきり叩き続けた。どうしたらいいのかわからない、といったように父様が動揺していることには気付いたけど、そんなことはどうでもいい。なんでよ。なんでよ……!?

「馬鹿馬鹿!!　父様の馬鹿っ！　父様は、私の父様だもんっ！　なんでそんなこと言うの！」

ものすごく腹が立って、自分でも思いもよらなかった本音が飛び出す。もっと迷うかと思った。でも、ビックリするくらい答えはすぐに出たのだ。お父さんは環のお父さんだけど、メグの父親じゃない。今だってすごくお世話になっているし、ちゃんと父親だと思ってるよ？　そう、本当に自分でも不思議なんだけど。

「そりゃあ、お父さんだって大事だよ。どっちも一緒に居られるならそうしたい！　でも、それが出来ないなら……」

だけど、メグの父親は父様だけなのだ。不器用で、残念で、情けないところが多くてさ、あんまり父親っぽいことはしてもらえてない。でもそれはさ、それはね？　父様が、いつだって私のことを思ってその役割をお父さんに譲っていたからだ。

本当は私の側にいたかったはずなんだよ。こんなに愛されて、思われているんだもん、そのくらいわかる。それでさぁ、最期の瞬間までそれをお父さんに譲ろうっていうの？　親孝行、出来ていないのに？　そんなのずるい。嫌だ。嫌だ……！

「私は……っ！　さ、最期の、瞬間にはっ……！　父様のところに、いたいよ……」

「し、しかし……」

ごめんなさい。ごめんなさい、父様。こんな簡単なことを今になって気付くなんて。ずっと甘えっぱなしだったんだ、私は。父様が譲ってくれていたから、お父さんの側でぬくぬくと、居たい場所でのびのびと過ごせていたんだ。私がワガママで、人のことを何も考えてなかった。父様の気持ちに、何も気付いていなかった。親子の時間を、もっとたくさん過ごすべきだった。たまにじゃなくて、もっと、もっとたくさんの時間を。

「馬鹿っ……！　父様は本当に馬鹿だよ！　私の気持ちをなんにもわかってない！」

違う。そんなことを言いたいんじゃない。こんな風に父様を責める権利なんか、私にはない。でも、どうしても言葉が止まらなかった。だって、酷いじゃない。

「大事なところで、『私の父親』を譲らないでよぉ……っ！」

貴方は血の繋がった私の父親でしょう？　私は、貴方と血の繋がった娘なんだから。大切な時に一番近くにいたいに決まってる。

「っ、メグっ！」

「嫌だよ、父様……っ、側にいさせてよぅ。父様、父様……っ！」

いつの間にか流れていた涙は、止まることなく溢れ続けて父様の服に吸い込まれていく。怖くて、悲しくて、辛くて、腹が立って。泣き叫びながら父様を呼び続けた。

「メグ……メグ……」

そんなぐちゃぐちゃな感情ごと、父様は私を思い切り抱き締めてくれた。何を言うでもなく、ただ小さな声で私の名前を呼び続けながら。


フワリとお茶の香りが室内に広がっていく。カチャカチャと鳴る茶器の音と、お湯を注ぐ音。それから父様の衣擦《きぬず》れの音だけが聞こえる静かな空間がそこにはあった。父様が、慣れない手つきでお茶を淹《い》れてくれている。普段はクロンさんが淹れてくれるのだろうから、これはかなり珍しい光景だ。時々、手こずっている様子ではあったけど、淹れ方をちゃんと知っている辺りはさすがだ。

「飲みやすい温度にしてある。ゆっくり飲むのだぞ」

「……うん」

あれから、どれだけ泣き続けただろう。泣きすぎて頭が痛くなるなんていつぶり？　小さな子どもみたいにわぁわぁ声を上げて泣いちゃったし、自分だって悪いのに父様のせいにして怒ったし。それに、ポコスカ胸を叩きまくっちゃったなぁ。ビクともしていなかったけど。はぁ、情緒《じょうちょ》不安定にもほどがある。

でも、魔力が暴走せずにいられたのは助かった。リヒト、ごめんね。私たちは魂が繋がっているので激しい感情は遠くにいても気付いたはず。今頃、何があったんだって思っているだろうな。そしてありがとうだ。乱れた魔力を整えてくれて。クロンさんとの二人の時間を邪魔しちゃったかも。今度お詫《わ》びしなきゃ。

「メグ、我はとても嬉しい」

お茶の入ったティーカップを持ち、ほわりと上がる湯気を腫《は》れた目でぼんやり眺めていたら父様が静かな声でそう言った。ん？　今、嬉しいって言った？　どうして？　私ったら、言いたい放題だったのに。

「メグに言われるまで、我も気付いていなかったのだ。確かに、我はユージンに父親の役目を譲っていたように思う。その方がメグにとっても良いだろうと、勝手にそう思い込んでおったのだ」

うっ、ちょっと罪悪感。本当に好き勝手なことを言っちゃったよね、私。父様はなんにも悪くない。お父さんや私のことを考えて、しかも我慢をしてくれていた側だというのに私に責められて……。申し訳なさで俯いてしまう。

「だが、もう我慢などしなくてよいな。これからは我も、もっとワガママを言おうと思うぞ」

「あ、ワガママは今も言っていると思います」

「そんな⁉」

けど、うっかり突っ込んでしまった。だ、だって！　仕事を放り出して二人の時間をつくりたいだの、やる気が出ないだのは日常的に言っているってリヒトやクロンさんから聞いていたから、つい。

「ふふっ、冗談だよ。父様はたくさん我慢してくれていたと思う」

クスクス笑ってそう言うと、父様もフワリと微笑んだ。クロンさんたちに愚痴《ぐち》る程度のワガママなんて、可愛いものだもん。むしろ、その程度で我慢してくれていたのかって驚くくらいだよ。だってさ、実の子どもが親友とはいえ別の男の下で娘のように扱われているんだよ？　仲違《たが》いしているわけでもないのに。本来ならこちらの言い分を無視して連れ帰ったって良かったのだ。それが父様には許されている。なのに、私がオルトゥスにいたいと言っただけですんなり納得してくれていたのだ。懐が深すぎるにもほどがある。

「我はメグの前で、どこまでも情けない姿しか見せておらぬな」

「……そんなことないよ」

持っていただけのティーカップをようやく口にし、お茶を飲む。じんわりと身体が温まっていくのを感じてホッと息を吐いた。父様は確かに情けないし残念な部分が際立つけど、自分のことより人のことを思いやれる優しい人だ。心配になるくらい優しすぎる。たぶんだけど、私と同じで魔物にもあんまり攻撃出来ないんじゃないかな？　私の場合は優しさというよりビビってる部分の方が大きいんだけど。父様は無駄に生き物を傷つけたりしない。乱暴な言葉も使わない。誰よりも優しい人なんだから。

「父様は、世界一カッコいいよ」

うん。やっぱりカッコいいよ。見た目は美しすぎるんだけどね。それはそれとして、人のために頑張れる父様は私の自慢の父親だ。いざという時はすごく頼りになるし、ちゃんと仕事をしている時はやっぱり尊敬出来る。それに、ちょっとダメなくらいがいい。その方が、みんなが父様を助けてくれるから。たくさんの人に慕われているのは、父様のそういう魅力にみんなが気付いているからなんだよね。

……ところで、反応がないのですが？　そこで黙られるとそれはそれですごく恥ずかしくなってくるんだけど？　気になってチラッと目だけを動かしてみると、耳まで赤くなって言葉を失っている超絶美形がそこにいた。わぁ……。

「……しっ、幸せ過ぎて、今すぐ死ぬかもしれぬ、我」

「も、もうっ！　父様はいつも大げさなんだよぅ」

結局はこうなるんですよね！　父様らしいけど締まらなーいっ！　でも、なんだかおかしくなってついケラケラと笑ってしまった。そんな私を見て、父様も嬉しそうに目を細めている。ああ、こういう時間だよ。私たちにはこういう時間が足りなかった。なんてことない会話で笑ったりしてさ、愚痴を言ったり文句を言ったり。そういう普通の時間をこれからはたくさんつくっていきたい。

「父様。魔王のことも、ちゃんと教えてね。私、聞くから」

気付いたら、私はそんなことを口にしていた。それは本当に自然と言葉になっていて、これまで魔王になるということで抱えていたウジウジとした悩みがどこかに消えてしまっているような気がした。たくさん泣いて言いたいことを言えたからかな。相変わらず死については悲しくて受け止めきれないけれど、少しだけ気持ちが落ち着いたのかもしれない。

「……良いのか？　メグはあまり魔王にはなりたくないのであろう？」

むしろ、父様の方が戸惑っているみたいだ。心の底から私を気遣ってくれているのがその目でわかる。ちゃんと私の気持ちを知ったうえで、だから話しにくいと思っていたんだろうな。父様らしいや。

……良いのか、か。そんな風に聞かれたら良くないと答えるに決まってる。そりゃあ全然良くないよ。魔王になんてなりたくないし、自分にはとても出来ないって全力で答えちゃう。想像もつかないし。だけど、だけどね。

「ふふっ、うん。出来ればなりたくないよ。父様と一緒だね？」

本人を目の前にして魔王になりたくないって断言するのはどうかと思ったけど、考えてみればこの人だって力に怯《おび》えて逃げ出した人である。魔王になんてなりたくなかったんじゃないかな。家出して、お父さんや母様と出会って。そのおかげで私がいるんだからその家出も必要なことだったんだろうけど、とにかく一度全力で運命から逃れようとしたわけでしょ？　だから、一緒なのだ。私も、父様と。

「……ふっ、そうであるな。一緒だ」

呆気《あっけ》にとられたように目を丸くした父様だったけど、すぐにばつの悪そうな顔で一緒に笑ってくれた。やっぱり同じだったみたい。本当は、魔王になりたいわけじゃなかった者同士だね。もちろん、今は父様だってそんな風に考えたりはしていないだろうけど。えへへ、私たちって本当にワガママで迷惑な魔王候補だよね。けど、似ちゃったんだもん、仕方ない。親子なんだから。

逃げたって、喚《わめ》いたって、悩んだって、その時というものは来てしまうのだ。覚悟がないとか言っても、時間は待ってくれない。そんなことはこれまでだってわかってたよ。必要なのは、考え続けることだ。考えずに急にその時を迎えるか、ちゃんと考えて準備をした上でその時を迎えるのかの違いになる。当たり前のことだったよね。でも今、私は初めてそのことに気付いた。初めて、魔王になることについてちゃんと考えなきゃいけないって思えた。覚悟が出来ているわけじゃないよ？　相変わらず不安だらけだし、務まらないって思ってる。でも、これは進歩だ。ちゃんと進めてる。それだけで安心に繋がった気がするんだ。

その日は、父様の広いベッドで一緒に眠ることにした。そのまま部屋に戻る気にはどうしてもなれなくて。先に私がベッドを占拠《せんきょ》して、ポンポン隣を叩く。

「父様、一緒に寝てくれるんじゃないの？　早く来てよー。眠いよー」

「む、娘が一緒に寝ようと誘ってくれるとは……！　幸せで今すぐ死ぬかもしれぬ」

父様は顔を両手で覆《おお》って天を仰《あお》いでいた。乙女か。いやいや、いつまでそうしているつもりだろうか。泣きすぎたせいか本当に眠いんですよ、こっちは！

「はぁ、もうこんなことは二度とないかもしれないのになぁ」

口ではああ言っているけど、本当は大きくなった娘と寝るなんて父として微妙な心境なのかもしれない。それならそれで仕方がないとベッドから下りようとしたら、風のような素早さでベッドに入ってきた。わぁっ、ビックリしたっ！

「き、貴重な機会を与えてくれて、ありがとう。メグ」

隣で横になり、私に掛け布団をかけてくれた父様をチラッと見上げると、頬をほんのり赤く染めた超絶美形がそこにいた。ラフな服装も相まって色気がすごい。ただその反応は乙女でしかないのでおかしくて笑っちゃった。

ちなみに私も余裕ぶってはいたけど……もちろん、恥ずかしかったよ。もうお姉さんなのに父親と一緒に眠るだなんて、そりゃあ照れくさくてドキドキしちゃうでしょ！　だけど、大きくて温かい父様の体温を感じていたらあっという間に意識が消えて……気付いたら朝になっていたから熟睡したんだと思う。それは父様も。

「……父様の寝顔だぁ」

だって、起きた時に父様はまだすぅすぅと寝息を立てていたから。これはとんでもなく貴重な姿である。しっかり覚えておこう。いや、そんな意識なんかしなくても一生覚えているだろうな。これは私と父様の、貴重でとても大切な思い出になったから。

死に別れるなんてやっぱり嫌だよ。考えるだけでも胸がギュッと締め付けられるし、回避出来る方法があるならなんだってしたいって思う。だけど、寿命についてはどうしようもないことだもん。ちゃんとわかっているんだ。

「早く、大人にならなきゃ」

それなら、一刻も早く大人になって、父様やお父さんを安心させてあげなきゃ。たぶん、それが一番の親孝行になるはずだから。父様の寝顔を見ながら、私は改めてそう決意したのだ。

のそのそとベッドから下りて軽く身だしなみを整える。それから昨晩のちょっとしたお礼も兼ねて、起きた時に飲めるようにお茶を淹れておいた。保温の魔術も忘れません。ミント系のハーブを使ったお茶を選んでみたんだ。スッキリと目を覚ましたい時にピッタリだと思って。自分でも飲んでスッキリしつつ、昨日泣き腫らした目を冷やす。寝る前にも冷やしておいたし、鏡で確認した時にはいつも通りだったからたぶん大丈夫。出来るだけみんなに心配かけたくないもん。ニッコリと笑顔も作ってみた。よし、いつもの私だ。

身支度を整えた後も父様はまだ寝ていたので、起こさないようにソーッと部屋を出る。まだ早朝だからね。ゆっくり休めているみたいで嬉しいのと、それだけ体力が落ちてきているんだなって知って不安なのと、心中は複雑だ。ううん、今は良かったと思っておこう。

さて、ちょっと庭の散歩でもしようかな。魔王城の廊下を抜けて、朝の散歩へと向かう。そのまま中庭に近付くと、誰かの気配を感じた。先客がいるようだ。この気配はたぶん……。

「アスカ！　おはよう。早いねー？」

「えっ、あれ、メグ？　そっちこそ早いじゃーん」

ゆっくりとした動きで形の練習をしていたアスカに声をかけると、驚いたように振り返ってニコッと笑ってくれた。まぁ、確かにいつも朝はのんびりだけど、そこまで驚く？

「昨日は早くに寝ちゃったから」

「そっかー。よく眠れた？」

「うん、ぐっすりだったよ！」

アスカはいつも、朝から訓練を頑張っていてすごいよね。本当に努力家だなって思う。その点、私は努力が足りていないのでは？　って焦っちゃうよね。魔力に頼り過ぎている節があるから、油断せずに向上心を持たないと。そういうことに気付かせてくれるから、アスカの存在はとても助かっている。

「ね、メグ。ぼくとのデートはいつ行けるのかな？」

「でっ、デートって……」

「デートじゃん。二人で出かける約束なんだからー」

きゅるん、とした上目遣いで聞いてこないでほしい。アスカは自分の仕草が破壊力抜群なことに気付いて……るな。うん。アスカは自覚してやっている。そういう子だった。ともあれ確かに約束をしていたからね。でも二日連続で出かけるのはどうだろう？　訓練の時間もつくりたいし……。

というわけで。二人で話し合った結果、三日後に出かけることに決めた。

「決まりだね！　それじゃあ、どこに行く？　やっぱり城下町かな？」

私がそう聞くと、アスカは腕を組んでムムムと唸《うな》った。

「そのくらいしか行く場所はないけどさぁ、せめて昨日ウルバノと行かなかった場所に行きたいかなー」

なるほど、まだ行ったことがない場所に行ってみたいってことね。そうだなぁ。昨日は公園にも寄りたかったから城下町の左側しか行っていなかったはず。だから今度は右側を中心に歩いてみるのはどうだろう？　私が提案するとアスカも嬉しそうに賛成してくれた。よーし、決定！

「そっち側には何があるの？　メグはやっぱり行ったことがあるんだよね？」

興味津々といった様子でアスカが聞いてくる。目がキラキラしている……！　こういうところ、昔から変わっていなくて安心するなぁ。

「行ったことはあるけど、私は滅多に行かないかなぁ。だって酒場だったり、大人向けの服や商品が多いから」

左側は庶民向けというか、日用品や食品が揃っているし、屋台が多いからよく行くんだよね。でも、右側は大人ばっかりで特別な用事がないとあまり行かないのだ。夜は特に酔っぱらいがうろつくから、その時間帯に近付くのは厳禁と言われている。そもそも夜に出歩いたりしないのに、心配性な保護者である。

「あ、でも。武器屋さんとか防具屋さんがあるよ」

「へぇ！　面白そう！」

アスカは武器を使わないから必要ないとは思うんだけどね。でも、私と同じで小型ナイフくらいは持っていても良さそうだけど。まぁ、子どもだけで買うようなものではないし、見るだけになるだろう。

「ぼくは武器を使わないけど、やっぱり憧れはあるんだよね。だってカッコいいじゃん！　リヒトの剣とか見せてもらったけど、いいなーって」

ふむ、アスカもしっかり男の子だった。気持ちはわからなくもないけど、私はそれほど武器に対する憧れはないからね。だって上手く扱えないし、自分が怪我する可能性の方が高くなるし。そんなことばっかり考えちゃうので武器は本当に向いていない。ただアスカは練習次第でなんでも使いこなせそうだよね。器用だもん。羨ましい。今は必要なくても見たいものなのだろうし、その気持ちを尊重しますとも！

「小型ナイフとか、防具なんかはこれから必要になってくるかもね？」

「確かにそうかもー！　よし、下見ってことで寄ってみよー！」

良かった、アスカが嬉しそうだ。三日後の予定が決まったところで、アスカは訓練の続きを、私は散歩の続きを再開。よし、私も朝食の後は訓練しようっと。のんびりしすぎても身体が鈍《なま》っちゃうからね！

中庭を抜けて再び城内へ戻る。そのままふと思いついて塔《とう》に続く階段を上った。螺旋《らせん》階段になっているから気を付けないと足を踏み外しそうなんだよね。私の運動神経なんてこんなものである。上まで辿《たど》り着くと、私は大きく深呼吸をした。朝焼けに照らされた城下町がとても綺麗。うん、やっぱりこの場所は何度来てもいい。今や魔王城の中で最も好きな場所となっている。いつも通り手すりに寄りかかってぼんやりと景色を眺めた。優しく吹く風が私の頬をふわりと撫でて、心地好さに目を閉じる。その瞬間、閉じた目尻からツウッと涙がこぼれていった。

「気を抜くと、まだ泣いちゃうなぁ……」

でもいいのだ。今は泣くためにこの場所に来たんだから。とはいっても、昨日の夜みたいに声を上げてわぁわぁ泣くつもりはないよ。ここで静かに涙を流したかっただけ。我慢は良くないもん。だって、ちょっと考えるだけで何度でも泣きたくなるくらいお父さんや父様の寿命の話は私にショックを与えているのだから。

十年。それは、今の私には気付いたら過ぎ去っているあっという間の時間だ。いつか来るとはわかっていても、心が追い付かない。二人がもっと長く生きられる方法があるのなら、なんて馬鹿げたことを何度も考えてしまう。寿命だけはどうしようもないのに。きっと、私の甘えた心がそんな考えをしてしまうんだろうな。ずっと二人に頼って生きていきたいっていう、甘すぎる考えを。

色々とわかってる。わかってるけどさっ。

「それでも、まだまだ生きていてほしいんだもん。寂しいよ……」

口に出して言うと、余計に苦しくなる。ああ、本当にどうにかして二人の寿命を延ばせないだろうか。そんな、神様みたいな所業……。

『あるよ』

「……え？」

どこからともなく声が聞こえた気がしてバッと顔を上げる。でも周囲には誰もいない。階段を誰かが上ってくるような気配もないし……空耳？　それにしてはハッキリと、それでいて近くで聞こえたような気がするんだけど。

「誰か、いるの……？」

聞くのは怖い気がしたけど、確認してみる。小さな声で呟いて、ひたすら黙って返事を待った。

だけど、聞こえてくるのは風が木々を揺らす音くらい。それから、目覚め始めた町から聞こえてくる生活音だけだ。

「……やっぱり、気のせいだったのかも」

センチメンタルになっていたから、願望が幻聴を聞かせたのかもしれない。そんなに精神的に参っていたのかな、私？　違うとも言い切れないけど、さすがに弱り過ぎじゃない？　あと、気のせいってことにしないと幽霊の仕業ってことになりかねないから思いっきり否定しておく。だって怖いもん！

「朝ごはん食べに行こうかな！」

ペチン、と自分で頬を軽く叩いて、ネガティブな思考とちょっとした恐怖心を吹き飛ばす。気持ちを切り替えていこう。大事な時間を暗く沈んで過ごすなんて、それこそものすごく後悔する。それに、鋭いアスカに突っ込まれてしまわないようにしないとね！　せっかくさっき会った時には何も言われなかったんだから。

最後に一度だけ大きく深呼吸をしてから、私は軽い足取りで螺旋階段を下りていく。しっかりご飯を食べて元気を出さなきゃね！

3　心の休暇

食堂に着くと、そこで父様とバッタリ出会った。昨日泣きじゃくった手前ちょっと気まずいけど、へへッと笑って誤魔化したら父様もフワリと微笑んでくれた。うっ、朝からその美形の微笑みは眩しいです！

「お茶を淹れていってくれたであろう？　とても美味しかったぞ、メグ。ありがとう」

「ふふっ、どういたしまして！」

そんな些細《ささい》なやり取りも、今はなんだか気恥ずかしい。でも、父様も昨日のことには触れないでいてくれた。やっぱりすごく優しいな。

「一緒に朝ごはん食べよ！」

「おぉ、それはいい。今日は朝から仕事が捗《はかど》るかもしれぬな！」

嬉しそうに目を輝かせる父様の手を引いて食卓に座ると、クロンさんがどこか微笑ましげに食事を運んでくれた。寿命について、クロンさんは知っているのかな？　そういえば、オルトゥスではサウラさんたち最初のメンバーは知っているのだろうか。……私が気付いたくらいだ。みんな気付いているのだろう。だとしたら、どう考えているのかな。どんな気持ちでいるのかな。その辺りがちょっぴり気になったけど、もう少し私の気持ちが落ち着いてから聞いてみようと心にメモしておく。さすがに今すぐ聞けるほど心に余裕はないもん。

「……美味しい」

温かな野菜のスープが、じんわりと身体に染み渡った。しばらくはのんびり過ごして心を休ませよう。

さて、そうは言ってもただぼーっと過ごしているわけにはいかない。食休みを終えてから身体が鈍らないように一人で訓練開始である。ストレッチを入念にした後は軽いランニング、その後にレイピアを振る練習だ。以前、アドルさんに教えてもらったことを確認するように振っていく。ほぼ毎日こうして練習しているだけあって、レイピアを構えて軽く振る程度ならそれなりに見えるようになってきたのではなかろうか。戦いに使えるようになるにはまだ時間が必要だけどね。そのくらいはわかっていますとも。オルトゥスに帰ったら訓練スケジュールを見直させてもらおうっと。その後は筋トレを軽く行います。先にやらないのかって？　だって、先にやったらレイピアを持つ腕がプルプル震えてしまうじゃないか。筋肉がつきにくい軟弱な身体を舐《な》めてはいけない！　くすん。

「お、励んでるじゃん」

「あ、リヒト！」

小休憩を挟んでいると、リヒトが顔を出してきた。これから特級ギルドステルラにお使いに行くんだって。おー、ちゃんと仕事してる。

「リヒトって意外と忙しいよね」

「お前、俺を何だと思ってるわけ？」

すでに魔王の右腕……はクロンさんが自称していたっけ。えーっと、じゃあ左腕といってもいいくらいの仕事ぶりなんだもんね、リヒトは。知ってはいるけど、私の中でリヒトはお兄ちゃんのリヒトだから、つい。悪気はないの、だからそんなに睨まないでっ。

「……なぁ、昨日さ」

少し流れた沈黙の後、リヒトが話を切り出してきたのでドキッとする。それは間違いなく昨日私が大泣きした時のことに違いない。私は慌ててリヒトの言葉を遮った。

「それ、今じゃなきゃダメ？」

「……」

油断すると泣いてしまうのだ。せっかく気持ちを立て直しつつあったのに、また泣くのはちょっと嫌だった。昨日の今日だからね、どうしても涙腺が緩んでしまう。もちろん、ずっと黙っているつもりはないよ。ちゃんと話したいし相談に乗ってもらいたい。でも、もう少しだけ時間がほしかった。

数秒ほど見つめ合った後、リヒトはハァと大きくため息を吐いて苦笑を浮かべてくれた。それだけでホッと肩の力が抜ける。なんだか緊張しちゃったよ。

「わぁったよ。でも次はねーぞ？　色々と話を聞かせてもらうからな！」

「……うん。ごめん、リヒト。ありがと」

心配してくれているのはちゃんとわかってるからね。その気持ちを込めて謝罪とお礼を言うと、リヒトが思い切り頭を撫でてきた。わっ、ちょっ、髪がすごいことにーっ！　でもこれは私がまだ内緒にしていることへの当てつけだろう。黙って受け入れようじゃないか。くっ！

「あんまり無理すんな。そうでなくても魔大陸に戻ってからのメグは……ちょっと感情が揺れまくってる」

「わ、わかってるよぅ」

やっぱりお見通しだったか。そりゃそうだよね。意図して探ろうとしなくても伝わってしまうほど最近は落ち込むことが多いから。このモヤモヤは思春期だから、って言い訳もそろそろ厳しい。だって明らかにそれだけじゃないもん。

「抱えきれなくなって爆発する前にはちゃんと相談するよ。約束する」

「ん、それでいい」

最後にリヒトは私の頭をポンポンと優しく撫でると、そのまま転移であっという間に姿を消した。程よい距離感だ。とても助かるよ。そうだ、私には相談に乗ってくれる人がたくさんいるじゃないか。一人じゃない。だから大丈夫だ。

「せっかくの休暇なんだから、楽しんで過ごさなきゃね」

落ち込んでは鼓舞《こぶ》して、その繰り返しだけど……。そうやって乗り越えていくしかない。今はとにかく心を休ませなきゃ。

次の日は子ども園で過ごすことにした。小さい子たちと触れ合えばきっと癒《いや》されると思って！　あまり人の入れ替わりはないんだけど、ここ数十年で八人くらいは増えたかな。そして六人が成人して子ども園を出て行った。とは言っても、その出て行った子どもたちの何人かは城下町で仕事をしているみたいなんだけどね。他の子も時々ここには顔を出しに来るらしい。あとは、子ども園の職員さんになった人もいる。大人になってお世話になったこの場所で働きたいって思うのは自然なことだ。ここの職員さんも、成長した子どもと一緒に働けるのは嬉しいことだろう。そう考えると、私もオルトゥスの人たちにそんな風に思われているのかもしれないな。なんだかくすぐったい気持ちになるけれど。

「メグさまー？」

「ん？　なぁに？　何して遊ぶか決めた？」

おっと、物思いに耽《ふけ》っている場合ではない。今はちびっ子たちと一緒に遊ぶ時間なのだから。小さな手で控《ひか》えめに服を引っ張られる。それだけでホワッと心が温かくなった。子どもってすごい。

「おにごっこ！」

「鬼ごっこね。いいよ！　私が鬼をやろうか？」

「だ、ダメーっ！　メグさまがオニだったら、つかまりたくなっちゃう！」

そ、それは確かにダメだ。鬼ごっこが成立しなくなってしまう。ただ、あまりにも可愛い理由にニヤニヤが止まらない。というわけで、私は逃げる方で参加することに。鬼になったのは元気いっぱいの少し大きい男の子だ。十秒数える間にみんなでワーッと逃げ始めた。鬼の男の子は、走るのがまだ遅い小さな子たちには「待て待てー」とギリギリで追いつかない速さで走るという気遣いを見せている。おぉ、面倒見のいいお兄ちゃんだ！　そして私には全力疾走で向かって来た。おおっとーっ！　子どもの遊びとはいえ、私も全力で逃げちゃうもんね！

「め、メグ様、速いーっ！」

そりゃあ、訓練をしっかりしてるもん。もちろん、魔術は使わないけどね。成人直前とはいえ私も同じ子どもだし、手なんか抜けません！　っていうかこの子、走るのがすっごく速いっ！　気を抜いたら追い付かれるんじゃないの、これぇ!?　持って生まれた身体能力の差ぁ!!

「でもっ、リヒト様より遅い！」

「結構言うっ!?」

その通りだけどーっ！　思わずツッコミを入れてしまったその隙《すき》に、少年は私の腕をガシッと掴《つか》んだ。あーっ、捕まったー！　そのまま鬼を交代、といきたいところだったんだけど、少年はもう限界だったようでゼーゼーとその場にゴロンと仰向《あおむ》けに寝っ転がってしまった。ありゃりゃ。スタミナではまだ私に勝てなかったようだ。ちょっとだけ安心したのは内緒である。

「あたしもゴロンするー！」

「ぼくもー！」

「あ、おい、お前らっ、うおーっ」

それがなんだか楽しそうに見えたのか、ちびっ子たちが次から次へと少年の上に覆いかぶさっていく。あっという間に少年は潰されてしまった。ありゃりゃー。

「ふふっ、仲がいいなぁ」

その光景はとっても平和で、すごく癒される。せっかくなので私も隣にゴロンと横になった。いつの間にかみんながその場で横になり、のんびりとした時間を過ごす。久しぶりだなぁ……こんな風に雲が流れていくのをただ見るなんて。

「リヒトとも一緒に遊ぶことがあるんだね」

「あ、えっと、はい。昔ほどじゃないんすけど、今もたまに遊んでくれます」

少年がちょっぴり恥ずかしそうに教えてくれた。そっか、リヒトは世話焼きだもんね。リヒトにとっても忙しい合間の息抜きになっているんじゃないかな。私も今日、一緒に遊んでかなり気分転換になったもん。

「リヒトさま、すきー！」

「ぼくもー！」

おぉ、かなり好かれているようだ。あれだけ面倒見が良ければそれもわかる。子どもに好かれそうな性格だもんねぇ。

「まおーさまも、メグさまも、だいすきー！」

「ぼくもぼくもー！」

「え、えへへ。ありがとう」

純粋な好意を向けられて心臓を射貫かれちゃう。子どもって本当に可愛い。モヤモヤが吹き飛んじゃうよ。

「メグさまは、いつかまおーさまになるんでしょ？」

「楽しみだねー！　でも、そうなったら今のまおー様はまおー様じゃなくなるのかなぁ？」

そしてドキッとすることを無邪気に言う。うーむ、なんと答えたものかなぁ。ちょうどそのことについて悩んでいたから、すぐには答えが出てこなくて黙ってしまう。

「お、お前らっ……」

「まおーさまが、ふたりになるのかな？」

「なるのかなぁー？」

少年だけはすぐに理解したようで、焦ったように上半身を起こしている。それからチラチラと申し訳なさそうに私に目を向けた。ああ、焦らせちゃってごめんね。気遣いの出来る子なんだなぁ。

大丈夫だよ、この子たちだって純粋な疑問で言っているだけなのはわかるから。私は安心させるようにニコリと笑う。

「魔王は一人だけだよ。だからもし私が魔王になったら……その時は、父様は魔王を辞めて休憩するんだと思うな」

「きゅーけー？」

「お休み？」

自分よりも小さな子たちに気を遣わせちゃダメだね。クリッとした大きな目に見つめられて、私の心はさらに癒される。うん、悲しくなったりはしてないね。純粋な子どもが相手だからこそだ。

「そう。父様はずーっと頑張り続けてくれているでしょ？　だから、お休みする時間もつくってほしいなって私は思ってるの」

「まおーさまのおやすみ！」

「あそべるかなぁ？」

そこでのんびり休む、という考えにはならず、遊ぶだろうと考えるのが子どもである。話題は下手すると沈んでしまいそうなものだったけど、おかげでクスクス笑っちゃった。

「そうだねぇ。一緒に遊べたらいいよね」

「うん！」

芝生の上に寝っ転がって、青い空を見ながら子どもたちとお喋りするのはとても楽しい。ふむ、父様が小さな子どもたちと鬼ごっこかぁ。あんまり想像は出来ないな。少しだけ想像してしまって、また小さく笑ってしまう。来るかどうかはわからない未来だけど、それも一つの可能性としてあるにはあるよね。

目を閉じて、芝生の香りを思い切り吸い込む。今日はここに来て良かったな。子どもたちから、そんな幸せな可能性を教えてもらえたから。


翌日は珍しいことに雨が降った。この世界でももちろん雨は降るけど、そんなに多くはないんだよね。山の方ではよく降るけど。あと、人間の大陸にいた時は何度も降られたっけ。ちなみに、魔大陸では傘などの雨具はほとんどない。というか必要がないといいますか。だって魔大陸だよ？　みんな魔術で防水するに決まっているじゃないか。しかもこれ、簡単な生活魔術なので割と誰にでも出来るのだ。雨に降られても気にしない人も多いしね。むしろ濡れたいという種族もいる。人間のように身体が冷えたら風邪をひくから、という考えがあまりないのだ。まぁ、私はひくけどね！　普通に！　エルフは基本的に身体が弱いんだよぉ！　シュリエさんやアスカや私の家族とか例外が多いから忘れられがちなだけで。

というわけで、迂闊《うかつ》に外に出ることも出来ない私は朝食を終えた後にやることがない。元々やることは決まっていなかったんだけども。アスカは今日ウルバノと訓練漬けになるって言っていたしなぁ。二人してやる気に満ちた目だった。邪魔をしないためにも訓練場には行かないようにする予定である。そうなるとますます暇なんだよねー。何もせずのんびりしていたら色々と考えてしまうから何かはしていたいんだけど。

そう思って、とりあえず父様とリヒトが働く執務室へ向かうことにした。何か手伝えることがないか聞くためである。

「お前、休暇の意味知ってんのか？」

だというのに、リヒトの第一声はこれである。し、知ってるけどぉ！　言いたいこともわかるけどぉ！

「だ、だって。一緒にスカウトの旅に行ったリヒトはもう働いているじゃない？　ロニーだってすぐ依頼受けたりしていたし、今頃はまた旅に出ているだろうし……」

「大人と子どもを一緒にすんなよ」

「うっ！　け、けど！　アスカだって毎日のように激しい訓練しているし、私も何かしたいって、思って……」

ゴニョゴニョと後半になるにつれて声が小さくなる私。いやぁ、我ながら随分と子どもじみたこと言ってるな、って途中から気付いたんだもん。

「要するに、暇なんだな？」

「その通りデス」

そしてバッチリ見透かされるという。……その通りですっ！　私は開き直った。

「お願いーっ！　のんびりしすぎるのも疲れるんだよぅ！」

「はぁ、ったく。仕方ねーなー」

両手をパンッと合わせて頼み込むと、呆れたようにため息を吐かれた。でも、リヒトにもその気持ちが少しはわかるらしく、渋々ながらも仕事を与えてくれました！　ありがたやー。

頼まれたのは書類の整理。日付順に並べたり、印の確認と分類分け、あとは不明瞭な記述があったら教えてほしいとのこと。このくらいならオルトゥスでもたまにお手伝いするから楽勝です！

ただ、気になることが一点。

「……機密文書っぽいのも交ざってるんだけどそれは」

これは明らかに一般人が見ちゃダメなヤツでは？　というのがしれっと交ざってるんだよね。え、いいの？　私がこれを見ても。冷や汗を流しながら言うと、リヒトはニヤッと笑ってあっさり答えた。

「問題ねーだろ。お前はいずれ魔王になるんだし」

「そ、それはそうだけどさぁ……。問題ないならいいけど」

なかなか言ってくれるじゃないか、リヒト。でも、こうやって軽く冗談にしてもらえた方が気は楽だけどね。それにいい加減、覚悟は決めているし。ちゃんとやらなきゃって。

「空いてる机、てきとーに使っていいからさ」

「うん！」

「……足は届かねーかもしんねーけど」

「一言多いんだよ、リヒトはっ！　もうっ！」

ぐぬぬ、確かに足は届かない。ブラブラさせてしまって落ち着かないけど仕方あるまい。私がチビなのではない。みんなの足が長すぎるんだよ！　父様の執務机なんて高さがえぐいからね。立って作業してもまだ微妙に高いくらいだし。いつかあの席に座る日が来たのなら、最初は机の交換になるだろうな。考えたらちょっと笑えてきた。うんうん。暗くなるよりずっといいね。さ、頼まれたお仕事はしっかりとこなしてしまおう！　私は気合いを入れ直して机に向かった。集中、集中！

「メグ様、仕事がお速いですね……」

「えっ？」

気付けばかなり集中していたように思う。背後から聞こえた声にハッとなって振り向くと、感心したように私の手元を見ていたクロンさんと目が合った。

「そう、ですか？　簡単な作業だったからかなぁ？」

「いえ、それにしても速いです。まさか午前中でこれだけの量をこなせるとは思いませんでした。ザハリアーシュ様に匹敵するスピードですよ」

大げさな、と思って横を見る。……あれ？　いつの間にこんなに書類が山積みになっていたんだろう。一度目を通された書類を色んな人が置いていくからいくらやっても終わらないなー、なんて思っていたけど、こんなにやってたんだ？　いつも父様の机で山になっている書類を見ては顔を引きつらせていたけど、まさか自分もそれと同等の量を半日でこなしていたとは驚きだ。もちろん、簡単な作業だからってこともあるけど……。どう考えても人間だった頃にはとても出来ない芸当だよね。身体のスペックの高さか、魔力で能力を底上げしたのか。いずれにせよ無意識でここまでの仕事をこなす自分に私が一番驚いている。

「お、お前っ、メグっ！　だから休暇の意味っ！　無理はしない約束だろ？」

おかげで部屋に入ってきたリヒトに怒られてしまった。正直、そう言いたくなるのもわかる。私だってこの状況を見たら同じことを言うだろう。いや、あの、でも！　言い訳を聞いてくださぁいっ！

「ほ、本当に無理はしてないんだよ？　気付いたらこうなってたというか、無心でやってたらつい、というか……」

「無意識こわ……」

意識していないにしても仕事を頑張り過ぎ、ということで叱《しか》られた私は、午後はちゃんと休むようにと厳命されてしまった。そ、そんなぁ。午後から何をすればいいのぉ？

「しかし、思わぬところでメグの才能を知れたな……」

「私も自分でビックリしたよ。オルトゥスでは書類仕事だけに集中するってことがなかったから気付かなかったなぁ」

やっぱり魔力を消費してるんじゃないかな、って気はしている。まったく疲労を感じていないことからも、消費量は微々たるものだと思うけど。目も疲れないし同じ体勢で身体が疲れるということもない。社畜時代に欲しかった能力だ、と思いかけて止める。だって動けたら動ける分、ひたすら働き続けただろうなって思い至っちゃったんだもん。うん、なくてよかったです。仕事をこなすだけのロボットになるのが目に浮かぶ。

「外でも中でも働けるメグ様は、まさしくザハリアーシュ様のようですね。あの方も器用に何でもこなしますから」

「わ、私の場合は器用貧乏な気もしますけどね……！」

クロンさんがほんのりと頬を紅潮させて私を褒《ほ》め称えてくれた。珍しく興奮しながらさらに褒め言葉を並べてくれている。でもそれはちょっと大げさです。そりゃあ父様の場合はなんでもこなせる上にどれもこれもハイレベルだよ？　でも私は中途半端なのだ。ぜーんぜん違う。あんなに何でもこなせるようには一生なれないと断言出来るよ。苦笑しながらそう答えると、クロンさんがスッと真顔になって私に向き直った。え、何？

「失礼ながら申し上げますが、ハッキリ言いましてメグ様は自己評価が低すぎると思います」

「クロン、お前もうちょっとオブラートに包んでだな」

あ、あれぇ？　何かダメだったかな？　事実しか言ってないし、自己評価は妥当《だとう》だと思うんだけど。さっきまでの興奮した様子との温度差がエグいです、クロンさん。

「そうは言いますがリヒト。メグ様ですよ？　オブラートに包んでいたらいつまでたっても伝わらないのでは？」

「ド直球がすぎるな？」

グサーッ！　え、そんなに鈍い？　ま、まぁ遠回しに言われても気付かないことが多いのは事実だけど！　今みたいにハッキリ言ってもらえた方が言いたいことは伝わるけども！　でもこの件に関してはそんなことないと思う！

「で、でもクロンさん。実際、私はそんなにすごくもな」

「いいえ、すごいです」

被《かぶ》せてきた……！　しかもズイッと顔を近付けてきたので思わず半歩後ろに下がってしまう。あ、圧を感じる……！　クロンさんの背後でリヒトが苦笑を浮かべているので止める気はないのだろう。というか止められないのかもしれない。たじたじになっていると、クロンさんはそのままの勢いでさらに言葉を続けた。

「良いですか？　まずメグ様は比較対象がおかしいのです。ザハリアーシュ様やユージン様、他にもオルトゥスの実力者たちと比較していませんか？」

「そ、それはそうかもしれないけど。でも、同年代の子と比べることも……」

「身近で頑張っている同年代の子、全てと比較していませんか？」

言われて初めてハッとする。それは、そうだ。アスカの人当たりの良さやウルバノの成長速度、ルーンやグートの目標に向かってひた走る姿勢や、それぞれの長所を見てはすごいな、自分はまだまだだなって思ってる。

「その全てを上回っていたらそれこそ超人ですよ、メグ様。いくらザハリアーシュ様と言えども、なんでもかんでも頂点には立てません」

私だって全てで上回ろうだなんて思ってはいないけど……みんなのすごい部分を目の当たりにして落ち込んでいたのは確かだ。それはつまり、全てで上回ろうと考えることと同じことだったのかな。無意識のうちに、その全てを目標値にしていたのかもしれない。うわ、そう考えると、私ったらなんて高望みをしていたんだろう。そんなの無理に決まっているのに。

「メグ様の持つ強みはなんですか。誰にも負けたくないと思えることは？　あれもこれもと欲張ってはいませんか？」

私の強み、か……。魔力量が多いこと、自然魔術がうまく使えること。あとは何と言っても人に恵まれていること、かな。あぁ、そっか。私、ちゃんと持ってるんだ。とても大事なものを。

「全てを完璧にこなせる者などいません。大事なのは、自分に出来ることと出来ないことを理解することです。そして……」

クロンさんはそう言いながら私の肩に両手を置いた。ふと顔を上げると、涼やかな水色の瞳が優しげに細められている。

「自分に出来ることこそを大事にし、誇りに思うことですよ」

今、わかった。私はこれまでずっと、出来ないことや持っていない物にばかり目を向けていたんだ。隣の芝生は青いってヤツだ。だから、自分の庭に綺麗な花が咲いていることを知っていても、それが当たり前になってしまって目を向けていなかったのだ。わかっていたことなのに、わかっていなかった。なんて贅沢《ぜいたく》で傲慢《ごうまん》だったのだろう。

「……なんだか、目が覚めたような気持ちです」

「そうですか。それは良かったです」

ほんのわずかにクロンさんが微笑んでくれる。当たり前のことに気付かせてくれて感謝しかないや。こうしてハッキリ言ってくれる存在はすごく貴重だよね。私はちょっぴり気恥ずかしい気持ちになりながら、クロンさんにお礼を言った。

魔王になるということを、私はかなり難しく考えていたのかもしれない。いや、実際かなりの大ごとだよ？　しっかりしなきゃいけないし、重く考えるべきことでもある。ただ、魔王になるんだから色んなことをもっと出来るようになっていなきゃいけない、ってハードルを上げていたような気がする。魔王は何でも出来るっていう思い込みがあったというか。

「メグは真面目過ぎるんだよな。楽に生きてるユージンさんや、雰囲気でやっちゃう天才肌の魔王様とは違って深く考えすぎちまうのかも」

「繊細《せんさい》なのですよ、メグ様は。その点、リヒトは力を抜くのが得意で生きやすそうですよね」

「……なんか言い方に棘《とげ》を感じるんだけど？　褒めてねぇよな、それ」

この夫婦は仲がいいですね、まったく。でも、クロンさんだって相手がリヒトだから言っているのだ。そして、相手が私だから言ってくれたんだよね。ちゃんとわかってる。

とてもありがたいことだ。そのはずなのに……なんでだろう。この二人を見ていたらふいにモヤッとするものを感じた。ど、どうして？　仲がいい二人を見るのは私も嬉しいことなのに。せっかくクロンさんやリヒトの言葉に心が軽くなったばかりだというのに、再び私の心に黒い感情が顔を出した。これはなんなのだろう。

……あー、ダメダメ。浮き沈みが激しすぎる。本当に、どうしたっていうのだろう、私は。

「何度も言うようだけど、メグは本当にもっと自分に自信を持てよ。誰だってさ、自分なんてまだまだーって思いながら生きてるよ。けど、自信のなさそうな魔王なんて周りを不安にさせちまうだろ？」

「う、それは重々承知してるんだけどぉ」

肩の力を抜く。もちろんわかってるよ。いつだって暗い考えになりそうな時は自分で自分に言い聞かせてるもん。今だってそうだ。そうやってギリギリのところで踏ん張っている。

「伸びしろはある。まだまだな！　けど俺は、いつでも今が一番自分にとっての最高到達点だって思うようにしてるぞ」

「今が一番？」

リヒトがニッと笑いながら胸を張る。なんだかその姿が眩しく見えた。目を細めてリヒトを見上げながら聞くと、リヒトらしい前向きな言葉が返ってくる。

「そ。今の自分に出来る精一杯が出来てりゃ、それでいいじゃん。それ以上のことは出来ないし、出来るんだとしても今の自分には気付けてないんだからさ」

「……そうだよね。うん。私もそう考えてみるよ」

結局はその考えに戻ってくるんだよね。知ってた。そうやって自分の暗い感情を騙《だま》し騙し乗り越えていくしかないのだ。私もリヒトの意見には同意だよ。今の自分に出来る精一杯を積み重ねていくしかないんだもんね。……本当に今の自分は頑張っているって言えるのかな？　そんな不安に蓋《ふた》をして。

「つってもお前のことだから、またすぐウジウジ悩むのは目に見えてるけどな」

「うっ……！」

やっぱりリヒトに隠しごとは出来ない。そういうモヤモヤも察知されちゃった。困ったように笑っているリヒトを見たらなんだか申し訳なくてすぐに目を逸らしてしまう。

「……任せろ。俺とお前は運命共同体なんだ。その度に背中を押してやるからさ」

きっと、他にも言いたいことがあったんだと思う。けど、リヒトはそれ以上何も言わないでくれたみたいだった。正直、今はそれがありがたい。チラッと盗み見たリヒトは、本当に私を案じてくれているのがわかる優しい目をしていた。

「頼もしいよ、リヒト」

だから、私も微笑む。きっと弱々しい笑顔だったんだと思うよ。リヒトもクロンさんも心配そうに眉尻を下げていたから。ああもう、私はまたみんなに心配をかけてダメだなぁ。しっかりしなきゃいけないのに。本当に頼もしいと思ってる。これは本心だ。だけど、だけどね？　その本音の裏には……醜《みにく》い感情があった。

リヒトみたいに考えられたら苦労しないよ、って。私だって自信が持てたらいいのに、って。そういう卑屈《ひくつ》な自分が顔を出して自己嫌悪に陥《おちい》ってしまうんだよ。おかしいなぁ。私だってそんなにネガティブな方じゃなかったはずなのに。

「わ、私、もう下に行くね！　おなか空いてきちゃったし……！」

これ以上、二人の前にいたらさらにボロが出る気がした。目も合わせられなくなってきたし、変に思われたかもしれないけど、この場に留まるよりいいと思った。だからそれだけを言い捨ててすぐに早足で部屋を出た。そのまま逃げるように廊下を歩く。気付いてしまったのだ。モヤモヤの正体は間違いなく、嫉妬《しっと》だということに。

「何に対する嫉妬なんだろう」

右手で胸を押さえ、自分に問いかける。なんでなのかはわからないけど、リヒトやクロンさんが羨ましいって気持ちが膨《ふく》らんだんだよね。じゃあ何が羨ましいんだろう。二人が幸せそうだから？　それって二人に不幸でいてもらいたいって思ってるってこと？　そんなに嫌なヤツだったかな、私。……ううん、違う。リヒトもクロンさんも大好きだから、幸せそうなのは嬉しい。間違いない。けど嫉妬するってことは。

「私が、幸せじゃない……？」

なんて贅沢な、と思う。聞く人が聞けば怒るだろう贅沢な悩みだ。人にも、環境にも恵まれているのに、これ以上何を望んでいるのだろう。お父さんや父様のこと？　でもそれはきっとリヒトやクロンさんだって同じくらい悩む内容だ。もしかしたら、二人とももう知っていることかもしれないし。っていうか、ほぼ間違いなく知っているに違いないよね。まるで自分だけがショックを受けている気になっていたけど。

じゃあなんだろう。次期魔王になるという重圧？　二人にはそんな重圧なんてないでしょう、っていう嫌な嫉妬なのかな。うーん、それも違う気がする。だって二人はそんな魔王になる私を支えてくれる存在だもん。ありがたいと思いこそすれ、羨ましいなんて思わない。

「仲がいいのが、羨ましいのかな……」

それは、なんだかしっくりくる気がした。もしかしたら、番《つがい》という存在に憧れがあるのかもしれない。恋がなんなのかもわからない未熟者が憧れるなんて……。いや、でもそういうものなのかもしれないけど。そういう存在に興味を持つなんて、前世を含めて初めてかもしれない。ちょっと恥ずかしくもある。

「番、かぁ。私にもいるのかな？」

どんな感覚なんだろう。大切な人はたくさんいるけど、きっとそれよりももっともっと大きな感情なんだろうなって想像はつく。……も、もう少し軽く考えてみようかな？　番ってつまり、恋人みたいな好きな人の延長だよね？　たぶん。恋人になりたいとか、そういう意味での好きな人なんて私にはいないんだけど……。

『悪いが、メグがどう思おうと……俺はお前から離れるつもりはない。生涯、な』

「っ!」

唐突に、あの時の低い声が思い出されてブワッと全身が震えた。ひぇ。ち、違う! だってあれはギルさんが私をからかってそう言っただけで……! からかってはいたけど、でも、あれはたぶん本心で。

心臓がバクバクと音を立てる。な、なんだこれ。まぁ、イケメンがイケメンなことを言うのが悪いんだけど。今になって思い出して恥ずかしがるなんてかなり気持ち悪いヤツになってないか? 私。

「……でも。離れるつもりはないって、言ったくせに」

ギルさんは私と距離を取っている、気がする。離れないって、つかず離れずっていう意味だったのかな。遠くからでも見守っているとか、そういう。私はてっきり、ずっと側にいてくれるものだと思ってた。今みたいな微妙な距離を取ることなんてないって。でもそれは、私の勘違いだったんだ。とても恥ずかしい勘違い。不服なんてないはずなのに、私はたぶんそれが不服なんだ。ワガママ女だ。

ああ、そうか。私はギルさんに、もっと側にいてほしいんだ。甘ったれな考えだけどさ。恋とか、そういうことじゃないと思う。たぶん。けど、側にはいてほしいって思う。

「モヤモヤするぅ……」

私のモヤモヤは晴れなくて息苦しい。せっかく休暇で魔王城に来ているというのに、精神的には疲弊《ひへい》しきっているのを感じた。

それから私はモヤモヤしたものを抱えつつ、あまりみんなに心配をかけたくないという気持ちもあって日々、自分を騙し騙し過ごしていた。悩みはいつまでたっても解決しないし、不安は多いしでちょっとストレスも溜まってきたように思う。けど、発散方法なんてのんびりするか訓練で汗をかくくらいしか出来ない。

これではいけないということで、今日はアスカとウルバノの訓練に交ぜてもらうことにした。今日は父様が少し顔を出してくれるという。ビシバシ鍛えてもらってこのモヤモヤを一時的に忘れよう作戦である。けど、父様にはあまり無理をしてほしくない。でも元気に訓練してくれる姿を見たい気持ちもある。複雑な娘心……。ま、まぁ、いくら最近は疲れやすいとはいえ、子どもの訓練の相手をするくらいはどうってことないと思うけどね！　気にしすぎも良くない、うん！

そして数時間後、私はそんな心配など吹き飛んでしまうほど疲労困憊《こんぱい》になっておりました！

「あ、あ、ありがとう、ございまし、たぁ……」

「うむ！　三人ともかなり強くなっておるな！　これは頼もしい。我も久しぶりに指導出来て楽しかったぞ！」

地面にひれ伏す私とアスカとウルバノの三人と、ツヤツヤしている父様が中庭にいました。くっ、すごく楽しそうだし嬉しそうで何よりですよっ！　手加減って言葉を知らないのかとちょっと恨み節が出そうになっちゃったよね！　ありがたいけどぉっ！

「もー、魔王様えぐいー！　ぼく、さすがに疲れたぁ！」

「きょ、今日は特に厳しかった、と思います……！」

ゴロンと仰向けになって曇《くも》り空に叫ぶアスカと、苦笑するウルバノ。なるほど、いつもはここまでじゃないんだね？　今日は三人もいたから父様が張り切ったのだろう。ついでに言うと、リヒト相手の訓練はたぶんこんなもんじゃないんだろうな。父様にしてみれば、今日の訓練も生温《ぬる》い部類に入ると思う。聞いたわけじゃないけど、たぶん間違いない。

「ウルバノは相変わらずフィジカルが強い。自分でも自信のある部分なのであろう。だが、それゆえに向こう見ずな動きをしがちである。よく言われていることであろう？　癖になってしまっているからな。今後も意識を忘れぬように」

「は、はい！」

父様は順番に一人ずつアドバイスをしてくれる。確かにウルバノは物理的な力が強い上にちょっとやそっとの攻撃ではダメージを食らわないから、あえて攻撃を受けて立ち向かうところがあるんだよね。まるでジュマ兄のような。いや、ジュマ兄みたいに攻撃を食らって喜ぶようなタイプではないけど！

「アスカは本当にバランスがいい。体術も魔術もうまく使えているな。だが、残りの魔力や体力を考えすぎてセーブするため、この程度でいいだろうと甘く見積もる癖があるようだ。ここぞと言う時に出し惜《お》しみをすると一気に形勢逆転されてしまうから注意するのだぞ」

「はぁい。うわぁ、完全に見抜かれてるぅ」

アスカは苦笑しながらも真剣に父様の話を聞いている。耳が痛い、と呻《うめ》いていることからも自覚はあるようだ。昔からそういうところがあって、なかなか直らないもんね……！

「メグは……まぁ、言うまでもないと思うのだが」

「ハイ、魔術に頼りすぎ、だよね……」

そしていざとなったら魔力でごり押しをしてしまうのが私の悪い癖である。というのも、大抵のことはちょっとした魔術で切り抜けられるから、父様のような強い相手と戦おうとするとごり押しするしか余裕がなくなっちゃうんだよね。

「正直なところ、我も人のことは言えぬのだがな。ただ、メグの場合は筋力をつける必要はない。力をうまく利用する方法や、いかなる時でも細やかな魔力操作を心掛けるだけでもっとよくなるであろう」

「わ、わかりましたっ！」

そうなんだよね。私の場合はいくら身体を鍛えてもあんまり筋肉はつかないのだ。もはや体質である。なので、弱いなりに相手の力を利用したり、少ない力を効率よく使う方法を訓練した方がいい。逆に魔力は余るほどあるのでうっかりごり押ししちゃうんだけど、それもまた力と同じで効率良くを意識しないといけない、と。

「三人ともまだまだ伸びしろがあって、成長がとても楽しみであるな！　だが、根を詰めても良くない。今日はこの辺りで終いとしよう」

ようやく息も整ってきたところで父様が訓練の終わりを告げた。うん、まぁこれ以上は動けない。私は。

「メグー、大丈夫ー？」

「あ、あはは。大丈夫。もう少しここで休んでからお風呂に行くよー」

ぱったりと仰向けに倒れたままの私を覗き込むように、アスカがヒョイッと顔を出す。さすがはアスカだ。もう息が整っているし平気そうな顔で立っている。私がヘラッと笑って答えると、アスカはそのましゃがみ込んでニコリと笑った。

「うん、しっかり疲れをとってよね。だって明日は、デートでしょ？」

「あ……うん、そ、そうだね。しっかり休むよ！」

その笑顔が妙に大人っぽくて、ついドキッとしてしまう。そうだ、明日はアスカと二人で出かけるんだっけ。ここのところずっとモヤモヤと悩んでばかりいたから頭から抜け落ちていたよ。やだな、なんだろう。思い出したら緊張してきた。ただ一緒に出かけるだけなのに。なんだかアスカを見ていられなくてソッと目を逸らすと、アスカが急に私の耳元に口を寄せて囁《ささや》く。

「おしゃれ、してきてね？」

「!?」

それだけを言い残し、アスカは立ち上がって去って行った。ちょ、ちょ、なんだ今の……!? まるでイケメンムーブじゃないか。いや、イケメンだったね、アスカは。でも、そんなセリフをまさか自分が言われる日が来ようとは。ケイさんあたりは言いそうなセリフだけど。まったく、一体どこでそんな言葉を覚えてくるんだ！

「メグ、様？　どうしましたか？　なんだか顔がすごく赤いようですが……」

「だ、大丈夫！　気にしないで、ウルバノ！」

顔が熱いのはわかっていたんだよ、うん。でもそれを指摘しないでもらえると助かるよ！　もちろん、純粋に心配してくれているのはわかるけどっ！　はー、まったくもう。アスカはたまにああいうことをしてくるから困る。

「そ、そうですか？　あの、起き上がれます？　ここだと風邪をひいてしまうので……」

「うん、ありがとう」

戸惑いながら差し伸べてくれたウルバノの手を取り、ゆっくりと起き上がる。だけど、ウルバノが明らかに恐る恐る引っ張ってくれているのがわかった。だって、手を握る力がすごく緩くて。力の加減に悩んでいるのかな？　きっと私が弱々しく見えるから、力の強いウルバノは傷つけてしまわないか心配なのだろう。その気遣いがなんだかくすぐったくてクスッと笑ってしまった。そのことにウルバノがビクッと肩を揺らす。ごめん、ごめん。

「笑っちゃってごめんね。でもそんなに怖がらなくても大丈夫だよ。私、意外と頑丈なんだから」

「うっ、そ、そうですよね！　でも、つい……！」

しまった、余計にウルバノが慌ててしまっている。そのまま手を離しそうな勢いだったのでグッと強めに握ってみた。それに驚いたのか、ウルバノはついにそのまま硬直してしまったけれど。そろそろ慣れてもらいたいところである。

「ね、少し強めに握ってみたけど、痛くはないでしょ？」

「は、え、えっと、はい。そ、それはもちろん」

「ゆっくり力を込めてみて？　痛かったら止めるから」

ええっ⁉　と慌てふためくウルバノだったけど笑顔で答える私。シュリエさんの真似をしてみたけど、なかなか効果的だったようだ。いやぁ、なんか脅《おど》したみたいでごめんね？　でも、加減を覚えておくのは今後のためにも大事なことだもん。私だけでなく、今後もっと強くなった時に子ども園の子どもたちにもいちいち怖がっていたら色々と困るだろうし。

ウルバノは渋々と言った様子でゆっくりと力を強めていく。まだですか？　え、まだなんですか？　と恐々聞いてくるのにまた笑いそうになっちゃったけど我慢、我慢。

「うん、ストップ！」

「わ、わかりました！」

そして、ようやく通常の握手レベルの強さになったところで声をかけると、真剣な顔で力を込めるのをやめるウルバノ。真面目で可愛いです。

「このくらいの強さなら、もっと小さな子が相手でも大丈夫。痛くないし、パッと手を離してどこかに飛び出そうとする子がいた時に、もう少し力を強めても大丈夫な力加減だよ」

ウルバノは確かめるようにもう少しだけ強めて握ってみては私の反応を見て確かめている。その顔は真剣で、今ちゃんと教えておいて良かったって思う。真面目なウルバノはもうこの力加減を忘れたりはしないだろう。

「どう？　大丈夫そう？」

「はいっ、あ、ありがとうございます！」

そこでようやく安心したようにお礼を言ったウルバノに微笑み返す。本当にいい子だな。こんな子が自分に仕えたいって言ってくれるのはなんだかもったいないって思うよ。もちろん、迷惑なんて思ってないよ！　ただ、それに見合う人物にならなきゃなって改めて思うというか。

「メグ様、オレ……本当にまだまだなんですけど、たくさん頑張りますから。あの約束、ずっとずっと忘れませんからっ」

手を離し、真剣な眼差しでこちらを見てくるウルバノに、私も真剣な顔を向ける。ちょうど同じことを思い出していたんだね。ちょっと照れちゃう。

「もちろん。私だって忘れてないよ。えへへ、ちょうどあの時のことを思い出してたんだ」

「お、オレもです！　二人で話をしているからかも……？」

「ふふ、そうかもね」

ずっと目標に向かって頑張り続けていると、だんだん不安になるもんね。そうならないように時々こうしてウルバノと会って、二人で話す機会をつくった方がいいかもしれないな。せっかくの決意に応えるためにも！

さ、休憩も終えたことだし、お風呂に入りながら明日の準備を考えよう。アスカがあんなことを言うものだから、服装に悩んじゃうなぁ。どうしよう？

4　爆発の一歩前

次の日はとても気持ちの良い晴れ模様だった。青空が綺麗ーっ！　窓を開けて天気を確認した私は早速身支度を始める。だって、朝食も外で食べるって言っていたからね。いつでも腹ペコなアスカのために、出来るだけ早めに出発した方がいいかと思って。

さて、昨日のうちに頭を悩ませた服装についてですが……。色々と考えた結果、まだアスカの前では着たことのない組み合わせのものをチョイス。思い起こせばアスカはどんな服を着ていてもすごく褒めてくれるから、よほど奇抜な格好でもない限り大丈夫だろうという結論が出たのだ。丸襟《えり》部分に小花柄の刺繍《ししゅう》があしらわれたイエローのタンクトップに淡い黄緑のカーディガン。それと白いキュロットスカートの組み合わせだ。ちょっと春っぽいスタイルだね！　武器屋さんや防具屋さんに行くにも浮きすぎた格好ではないし、大丈夫だと思う。たぶん。それと、髪型はいつものように結んだあとは髪飾りをつけたよ。だ、だって！　おしゃれしてきてって言われちゃったし、何もしないのは良くない気がして！

……デート。デート、かぁ。その言葉の響きは相変わらず慣れないというか気恥ずかしいんだけど、アスカとだからか緊張はしない。ここ最近は一緒にいることが多いから慣れたのかも。けど、アスカがそう言う意図がいまいちつかめない。私をからかってるのか、ただデートの雰囲気を味わいたいから言ったのか。それとも。

「……あんまり考えすぎないようにしよう。うん」

なんだかそれ以上考えたら今日はまともに出かけられない気がしたのでブンブンと頭を横に振って思考を切り替える。せっかくだから楽しまないとね。色々と悩んでばかりだったし、今日も良い気分転換になるといいな。

「メグーっ！　すっごく可愛い！　本当に可愛い！　何を着ても似合うけどー！」

「ちょ、褒めすぎ！　声も大きいよアスカ！」

お城の出入り口近くで待ち合わせをしていたからか、アスカの声はホール内に響いた。働いていた色んな人たちが振り返って微笑ましげにこちらを見ていくのがまた居た堪《たま》れない……！

「どうして？　女の子が素敵だったら褒めるのが普通でしょ？」

「そ、それは素晴らしい心がけだと思うけどぉ」

本当にアスカの将来が恐ろしいよ……！　ケイさんの跡を継ぎそうな勢いだ。はぁ、顔が熱い。

本当にどこでそんなことを覚えてくるんだか。

「特に、大好きな女の子だったら余計に。っていうか、好きな女の子以外にはこんなに褒めたり出来ないってー！」

屈託《くったく》なく笑うアスカは可愛いけど、それはものすごい殺し文句だ。私じゃなかったら勘違いしてるよ、まったくもう。

「もう、早く行こう？　お腹空いているんでしょう？」

「あはは、メグが照れてる。かわいい！」

くっ、どうしても赤面はしてしまうんだよっ！　そりゃあそうでしょ。キラキラ美形エルフ少年にそんなこと言われたら恥ずかしくもなるよ！　アスカは幼い頃からの仲だし、どうしてもむず痒《がゆ》くなってしまうのだ。

「ほ、ほら！　行くよっ！」

このままここにいたら永遠にからかわれ続ける気がする！　それを城内の人たちに見られるのも苦行すぎるので私はアスカの腕をグイグイ引っ張りながらお城を出た。

「わぁ、積極的ぃ！　手も繋ぐ？」

「つ、繋がないよっ！」

「なんだ、ざんねーん。小さい頃は繋いでくれたのになー」

もう勘弁してぇ！　まさか今日は一日ずっとこんな調子なの？　気分転換にはなるだろうけど、精神的に疲弊しそうである。でも今日はアスカのオルトゥス加入祝いも兼ねているのだ。ちゃんと最後まで付き合うぞっ！　楽しんでもらえたらいいけど、不安だなぁ。

お城を出てからはアスカもからかうようなことは言わなくなったのでホッと胸を撫で下ろす。はぁ、良かった。終始ご機嫌な様子のアスカを見ていたら怒る気も失せちゃった。可愛いは得である。

私たちはまず早朝からやっている食堂に向かい、朝ごはんを食べることに。アスカは時間帯関係なくモリモリ食べるので、量がたくさんある食堂がいいかなって思って私から提案させてもらったのだ。

「でも、メグは食が細いからここじゃあんまり食べられる物がないんじゃない？」

最初は嬉しそうに目を輝かせていたアスカだったけど、ふと気付いてこちらを心配してくれる。そういうところが素敵だよね。何でもすぐに気付けるのがアスカのすごいところで、今はちょっぴり困っちゃうところだ。気にしないでもらいたいからね！

「平気だよ。ほら、スープとパンだけのメニューもあるし。それに、今日は私なりにアスカ歓迎のお祝いをしたいんだから、アスカのしたいことや食べたいものを優先したいのっ！」

人間の大陸で一緒に出掛けられなかった代わりに、ってことだったけど、私としてはお祝いがメインである。オルトゥス全体では歓迎会をしたけどね。それとこれとは別なのだ。絶対に何かしたいと思っていたし！　グッと拳を握りながら力説すると、アスカは恥ずかしそうに頬を染めた。

「……そういう可愛いことをされると困るんだけどぉ」

それからブツブツと口を尖らせて何かを呟く。食堂内の賑やかさのせいでなにを言っているのかは聞き取れなかったけど。お祝いが嬉しいと思ってくれていたらいいな。

「じゃ、遠慮なくいっぱい食べちゃおっと！」

「うん、そうして！」

アスカがすぐにパッと笑顔になってそう言ったので、私もつられて笑う。素直に好意に甘えてくれるのも助かっちゃうな。お祝いのし甲斐があるというものである！　こうして、食堂で周囲のお客さんが驚くほどたくさんの料理を胃に収めたアスカは、満足そうにお腹をポンポンとさすった。見事な食べっぷりでした……！　もちろん、私は野菜スープとパンだけでお腹いっぱいですとも。いつ見ても羨ましい。

「じゃ、早速お店に行こうよ！　もう開いている頃でしょ？」

「そうだね！」

お腹が満たされたアスカはさらにご機嫌度が上がっていた。すでに心は武器と防具屋さんに向いているようだ。もちろん私も楽しみ！　自分で使うことはないだろうけど、見るのは勉強にもなるので嫌いじゃない。最近レイピアを持ち始めたから余計に。

……ふと、ギルさんの顔が脳裏に過る。レイピアのことを考えたからかな。どうしてもあの時のことを思い出しちゃう。ギルさんは気にしていないどころか忘れていたくらいなんだから、私ももう忘れればいいと思うんだけど……。どうしても、忘れられない。心に棘となってずっと残り続けているのだ。はぁ、ままならないな。っと、落ち込んでいてはダメだ。アスカはそういうのにすぐ気付く。軽く頭を振り、思考を切り替えてアスカとともに城下町の道を歩いた。

アスカとの街巡りはとても楽しかった。武器と防具のお店ではやっぱり商品を買うことはなかったけど、店主さんたちは好意的に案内してくれたし、使い方やそれぞれに合う防具の特徴についてたくさん教えてくれたりもした。アスカは運動量が多いから、動きを阻害しない軽い素材がいいって言われていたね。武器を持つなら、その武器で相手を倒すというよりは、攻撃のチャンスをつくるために使える武器を選ぶといい、とも。さすがはプロ、アドバイスがためになります！

ちなみに、こんな助言がもらえたのもひとえにアスカのコミュニケーション能力のおかげである。それもアスカの武器と言えるよねぇ。私もアスカも武器や防具はあまり必要がないけど、いつか一式揃えても良さそうだなって思ったよ。戦闘服があるから本当は何もいらないんだけどね。戦闘服の性能を知らない人たちのために見た目だけでもきちんと装備しているとアピールする用途の他に、意外と使い勝手が良さそうだったのだ。たとえば攻撃を防具で防ぐ時とか！　魔術で防げるけど、物理的に防がなきゃいけない状況がないとも限らないもん。特に私は魔術を封印されたら打つ手なしのポンコツなので……。いや、精霊たちがいるからそこまでポンコツにはならないけどっ！

武器と防具屋さんを出た後は、その並びにあるお店を見て歩いた。城下町で暮らす人たちの生活必需品がどんなものなのかを知るのも勉強になったな。基本的には魔道具なんだけど、人間の大陸のように手作業で扱う道具もあって驚いたのだ。曰く、魔術操作が苦手な人にとっては食器洗いや洗濯はお皿や服を傷めてしまいかねないからだそう。当たり前のように魔術を使っていたからその考えにはいたらなかったよ。あっ、別に魔術の腕自慢をしているわけじゃないからね！　ほんとだよっ！

「人間の大陸だけじゃなくって、魔大陸での普通の暮らしについても、ぼくはあんまり知らなかったんだなって思い知ったかも」

「それは私も。こっち側にはあんまり来ることがなかったから知らなかったよ。勉強不足過ぎるよね。反省」

たくさんのお店を見て回って、お昼ご飯を食べて、また通りの散策をして。いつの間にか町の外れまで来ていた私たち。人がいなくなった通りでポツリと呟いたアスカに同意するように私も口を開く。どれだけ世界を知らないんだろうって思っちゃったな。本当に大反省だ。大陸間を移動する前に魔大陸のことを知らないと。ロニーのように旅をすることも考えた方が良い気がしてきた。

「いーじゃん！　今それを知ったんだから。これから知っていけばいいんだよー！」

「……うん。そうだね！　アスカはやっぱりすごいや」

そして落ち込みかけた私とは反対に、一切落ち込むことなく前向きなアスカが眩しいっ！　いつも励まされてばっかりだなぁ。

「へへ、カッコいい？」

「うん！　カッコいいよ、アスカは！」

それから嬉しそうに笑って聞いてくるので、私も迷わず笑顔で答えた。きっとそうでしょ、と得意げに返してくれるんだろうなって思っていたんだけど……アスカの反応は思っていたのとは違った。一瞬で顔が真っ赤になって、言葉に詰まったのだ。……え。えっ？　アスカの珍しい反応にビックリしてしまう。

「め、メグはずるいよ。そうやっていっつもさぁ……」

「え？　え？　ごめん？　だってまさかそんなに照れるとは思わなくて……」

胸を張って嬉しそうな笑顔で返してくれると思って疑っていなかったから私の方が驚いちゃった。うーむ、アスカも私と一緒で年頃なんだもんね。今もからかったつもりはないけど、今後はもう少し気を付けた方がいいかな？　そう考えを改めていると、アスカはさらに私を驚かせる行動をしてみせた。スッと右手を伸ばし、私の頬に触れて柔らかく微笑んだのだ。

「メグだから照れるんだよ。ねぇ、この意味わかる？」

そして、小首を傾げながら挑発的な目で私を見つめてきたのである。な、なに？　この漂う色気？　いつものアスカとは違うその様子に、私は暫《しば》し言葉を失ってしまった。急に雰囲気が変わったアスカはジッとこちらを真剣に見つめたまま。これは、私をからかっているのかな？　でもすごく真剣な目だし、とても冗談には見えない。もはや何を言えばいいのかがわからなくて、黙ったまま硬直してしまった。しばらくの間、沈黙が続く。だって、どう反応したらいいの？

「……ぼくはね？　メグのこと、すっごく可愛い女の子だって思ってるよ」

アスカがあまりにも真剣だから、息を呑《の》む。やっぱりからかっているような様子はなく、ちゃんと本心で言ってくれているみたいだ。急にどうしたというんだろう……。改まって何かを言いたい、のかな？

「わ、わ、私だって、アスカはすっごくカッコいい男の子だって思ってる、けど……」

さすがにこのまま何も言わないのは良くない気がして、相変わらず戸惑いはしているけど私もちゃんと真面目に返した。言った言葉は本心だ。本当にアスカはカッコよくなったもん。見た目だけじゃないよ？　人間の大陸を旅して、内面もしっかり成長しているんだなって実感出来て……。その姿勢がカッコいいって思った。

対抗しているわけじゃないけど、アスカの真っ直ぐな目に負けないように私もジッと見つめ返す。というか、そうすることで気恥ずかしさを誤魔化しているというか。でもこの後どうしたらいいのかがまたわからない。困惑していると、アスカはようやくフッと笑った。おかげで私もホッと肩の力を抜くことが出来たよ。こ、呼吸を忘れそうだった……！　なんなの、この緊張感。

「ぼくがカッコいいのは当たり前だけどねー！」

冗談めかして、でもまだどこか大人びた雰囲気でアスカはそう言った。私から視線を外して、やや遠くを見つめて。いつも通りのアスカに戻った、のかな？　まだ少しいつもと違う気もするけど。妙にモヤモヤする。それはたぶん不安だからだろう。いつもとは違うアスカの様子に、なんていうのかな……。言われたくないことを言われそうな気がして。

「メグさー、もっと自覚した方が良いよ？　メグを狙う男はたくさんいるんだから。狙うってアレだよ？　異性としてのヤツ」

そのままいつも通りの会話に戻るのかと思っていたら、アスカは両手を頭の後ろで組んで大人ぶりながらそう言った。私を異性として？　まだ子どもなのに？

「そ、そんなこと……」

「あるでしょ。グートのこと忘れたの？」

目だけでこちらを見たアスカの言葉にドキッとする。それは、そうだけど。やっぱり、今のアスカはいつもと違う。すごく逃げ出したい気分だ。だけど私の足は一歩も動かないし、アスカからも視線が外せない。

「メグは可愛いし、いい子だし、強いし。魅力的に見える要素満載なんだよ？　客観的に見たらわかるでしょ、フツー。モテるってことくらいさぁ」

なんなんだろう。なんで突然そんなことを言い始めたの？　言葉選びや言い方に私を責める雰囲気があるのは、たぶん気のせいなんかじゃない。もしかして、私を怒らせようとしているの？　どうして？　わからないことだらけだよ。結局、アスカは何が言いたいの？

胸にモヤモヤとしたものが広がっていく。なんでよ、さっきまであんなに楽しく過ごしていたじゃない。嫌だ、こんな感情。醜い感情を目の当たりにしそうで、私はギュッと拳を握りしめた。

「ねぇ、メグはさぁ……いつまで見ないフリするつもりなの？　ぼくたち、もうすぐ大人になるんだよ？」

アスカの言葉が突き刺さる。見ないフリなんか、してないのに。……ううん、本当に？　私、本当に見ないフリをしてないって言えるのかな？　心の中で自問自答している。

「ちゃんと自覚しなよ。メグは、本当は気付いているんでしょ？　そういう感情に。人からの異性に対して向けるような好意にも。何もわからないって、何もわかってないって顔してるけど……本当はわかってるはずだよ」

ドクンドクンと心臓が嫌な音を立てた。嫌だ。聞きたくない。これ以上は聞いていたくなくて、私はアスカに背を向けた。でもその瞬間、アスカに腕を掴まれる。振りほどく気はないけど、振り向く気もなかった。

「逃げないで」

なんで、なの。私はまだ、向き合いたくない。逃げたらダメなの？　そりゃあ、いつかは向き合うつもりだよ。でも今じゃない。私はまだ、グートのことだって心の整理がつけられていない、ダメダメなヤツなんだから。自分がどうしようもない無責任なヤツだって、ちゃんとわかってる。それでも、無理なんだもん。まだ心がグチャグチャになっちゃうんだもん。

じわりと涙が浮かぶ。どうしてアスカにそんなことを言われなきゃならないの？　私がもっと、急いで大人にならなきゃいけないのかな。一度大人だった記憶があるくせに、逃げてばっかりだ、私は。そうだよ、アスカの言う通りだよ。考えたくないから無意識にそういう選択肢を消しているんだってこと、自分でもわかってる。前世でも面倒だからって恋愛について考えないようにしていたんだよ。余裕がないって言い訳して、蓋をしていたんだと思う。逃げて、逃げて、知らんぷりして。卑怯《ひきょう》者なんだよね、私は。ずるい女なのだ。人からの好意を踏みにじっている。

それを私に自覚させることが目的なの？　アスカも私が卑怯者だって思っているの？　それなら

そう責めてくれた方がずっといいのに。

「ごめん、ちょっと意地悪なこと言ったよねー……」

アスカがそっと摑んでいた私の腕を離し、帰ろっかと呟いた。アスカは私を追い越して、振り向くことなく前を歩く。

結局、アスカが何をしたかったのかはわからない。何を伝えたかったのかわからない。おかしいな。今日は、色んなモヤモヤを忘れて私なりにアスカをお祝いしようと思っていたのに。他ならぬアスカによってモヤモヤが増える結果になってしまった。あれ？　なんか変だ。こういう気持ちはすごく久しぶりかもしれない。いや、メグになってからは初めてかも。

私、苛立《いらだ》ってる。アスカに対して怒ってるんだ。どうしてこのタイミングでそんなこと言われなきゃならないのって。アスカに何かをしたわけでもないのにって。そうやって悩ませるようなことを言っておいて、最終的には何も言わずに会話を終わらせたことに怒ってる。逃げるなって言ったのはアスカじゃない。そこまで言って今更ごめんだなんて……思っていないでしょう？　今も振り返ることなく少し早足で歩いているのが証拠だよ。本当は私に対して苛立っているのがアスカの本音なんでしょう？　こんな、中途半端でダメダメな私に。

アスカに対して不満に思う気持ちと、自分の情けなさに腹が立つ。そうして荒ぶる気持ちを抱える半面、落ち着けと大人な自分が宥《なだ》めてくる。だって、たぶん私が悪いんだってことがわかるから。でも、それとこれとは別なのだ。怒りたい。馬鹿っ！　って叫びたい。そんな気持ちと、それはダメだ、冷静になれという自分がいて、板挟み状態となっている。どうしたらいい？　違う、私はどうしたい？　このまま我慢は出来る。けど……。

「我慢、したくない」

それはスルッと出てきた感情で、選択だった。そう結論付けた途端、フッと心が凪《な》ぐ。苛立ちは胸の奥でチリチリと燃えているけど、妙に頭が冷静になっていた。

『……メグ』

そんな時、私を呼ぶよく知る声が脳内で響く。直接聞こえたわけじゃない。思い出しただけだ。目を細めて、優しく私を呼ぶギルさんの声。どうしてこのタイミングで思い出したのかはわからない。けど、不満に思う心がこの件も引っ張り出したのかも。

『……すまない、メグ。そんなこと、あっただろうか』

いつもだったら、ギルさんを思い出すときはいつだって幸せな気持ちになれた。だけど、今は笑顔も浮かべられない。あの時の、申し訳なさそうにこちらを見たギルさんを思い出すと、胸の奥でアスカに向けていた怒りとはまた違う怒りが湧《わ》いてきた。自分でも意味がわからないけどね。ギルさんに対して怒る理由なんかないのに。理不尽な怒りだと思う。ごめんね。でもやっぱり腹立たしい。

ギルさんは、変わっちゃった。認めよう。あの日、武器屋さんで拒絶してから明らかに変わったんだ。しばらく会わない期間があったから、その間に何かがあったのかもしれない。けど、確実に私に対する態度のようなものが変わってしまった。それでもきっと、変わらず気遣ってはくれる。心配してくれるし、守ってくれる。約束したんだもん。それを破るような人じゃないのはわかっているんだ。

だけど、確実に心の距離が開いてしまった。私も……妙に恥ずかしいからとか、年頃のせいにしてギルさんから離れていたもんね。お互い様というやつである。すっごくワガママなのはよーくわかっているんだけどさ、ずっと側で守ってくれるのはありがたいけど……。

こんな風に微妙に距離が開くのなら、やたらと優しくされるのも嫌だ。それがとても辛いと感じる。かといってさらに距離が開くのはもっと嫌で。あー、もうぐちゃぐちゃだ。

「じゃ、今日はありがとうね、メグ。すごく楽しかったよー！」

あーだこーだと考えている間に、いつの間にか魔王城に着いていたみたいだ。アスカはチラッと振り返ってからいつもと変わらぬ笑顔でそう告げた。まるで、さっきのことなんかなかったみたいに。そのことがまた私の胸をチクリと刺したけど、掘り返すのも嫌だった。

「うん。私も」

だから、それだけを返す。私はちゃんと笑えていただろうか？

そのまま背を向けて魔王城のホールを進むアスカを、私はその場から動かずただ見送った。そうして周囲に誰もいなくなった時、私は城内ではなく反対方向に向かって歩を進めたのだ。城門を抜けて、再び外へと。

いつの間にか空が暗くなっているなぁ。この時間に一人で外に出るなんて初めてのことではなかろうか。特に、目的はなかった。後先のことなんて一切考えてなかったのだ。

私はその日、生まれて初めての家出をした。

魔王城を出て、城下町を抜けた頃には辺りは暗くなっていた。自分に隠蔽《いんぺい》の魔術を薄くかけたから城下町の人には気付かれなかったし、魔王城にいるみんなにはほどよく気配を残せたと思う。そうして誰もいない街道に出た時、私の心情を察知してか、精霊たちが私の周りに集まってきた。

『ご主人様？　もしかしてだけど、いけないことするの？』

「ショーちゃん。うん、でもどうしてもしたかったの」

いけないこと、という単語選びがなんだか面白くて、ちょっとだけ肩の力が抜ける。でも、ショーちゃん本人は少し心配そうだ。他の精霊たちにも伝わってるよね、私が不安定なことくらい。ごめんね、不安にさせて。

『きゃっ、アタシちょっとワクワクしちゃうっ』

『不謹慎であるぞ、フウ！』

『ええやないのー。ウチは賛成やで！　メグ様はいい子すぎやもん。たまにはこういうことがあったってええやん！』

『ライは能天気すぎるんだぞ……？』

そんな私を元気づけるためか、精霊たちはあえて明るく話してくれる。本当にいい子たちだなぁ。頼りない主人で申し訳なくなる。

『ご主人様、泣いてもいいのよ？』

そんな精霊たちを微笑ましく見ていたんだけど、ショーちゃんにはお見通しだったようだ。さすがは最初の契約精霊だね。その通り。私は今泣き叫びたい気持ちでいっぱいだ。でも、今そんなことをしたら魔力が漏《も》れて出てきちゃう。それにね？

「ありがとう。でもね、なんでだかうまく泣けなくて……けど大丈夫。ちゃんと相談するって約束してるから」

『そっかぁ。わかったのよ……』

大泣きしたいのに、うまく出来ない気がしたんだ。不思議なんだけどね。そんな私の様子を見てまだ少しだけ心配そうな顔を浮かべながらも、ショーちゃんは私の周りをくるりと飛んで返事をしてくれた。それに合わせるように、他の子たちも一緒になって周囲を飛ぶ。夜に精霊たちの光を見ると、より綺麗に見えるなぁ。サワサワと夜風が草の葉を揺らす音も心地好い。涼しい風が、だいぶ長くなった私の髪も揺らす。

うん。精霊たちにあんまり心配かけちゃダメだね。助けを、呼ばないと。しばらく静かな夜空の下でぼんやりした後、私はポツリと呟いた。

「……リヒト」

ものの数十秒ほどで、私の前に人影が現れる。笑っちゃうくらい反応が早い。魂の繋がり、恐るべし。

「……なんて顔してんだよ、メグ」

「……ごめん、リヒト」

そんなに変な顔していたかなぁ。あんまり自覚がないや。だけど、なぜかリヒトが泣きそうな顔をしていたから、たぶん私はかなり参っているんだろうな。自分的には笑顔を見せているつもりなんだけど、笑えてなんかいないのだろう。でも。

「ちゃんと、爆発する前に呼んだよ。話、聞いてくれる？」

リヒトを見上げてそういうと、グッと言葉に詰まったリヒトが私を引き寄せる。そのまま片腕で胸の中に引き寄せられた。

「はぁぁぁ、爆発寸前じゃねぇか……遅《おせ》ぇよ。もっと早くに呼べっつーの」

「ごめん」

「いや。でも、呼んでくれただけえらい。約束、守ってくれたんだな」

さっきまでうまく泣けなかったのに、今は少しでも言葉を発したら泣けるような気がした。だけど、まだだ。まだ泣いちゃダメ。魔力が不安定だから。リヒトにギュッと頭を抱えられたまま、私は拳を握りしめてひたすら耐えた。

「俺さぁ、ロニーに頼まれてるんだよ。約束したんだ」

ただ黙って我慢している私に向かって、リヒトは静かな声で話しかけてくれる。え、ロニーに？どんな約束をしたというのだろうか。

「お前が、近いうちにこうなるってわかってた。ロニーがさ、その時の自分は旅に出ててすぐには気付けないだろうから、リヒトがすぐに駆けつけてって。そういう約束。メグ、お前の優しい兄たちに感謝しろよ？」

あ……そういえば、ロニーも私にそんなことを言ってたな。悩んでいるように見えたって。自分はその時すぐに駆け付けられないから、リヒトに相談してって。離れ離れでもいつも思ってるって。大事な妹だから……って。お見通しだったんだなぁ。二人ともすごいや。

「なぁ、メグ。お前はいい子すぎるんだよ」

しばらくの沈黙を挟んだ後、リヒトがグリグリと私の頭を撫でた。うっ、ちょっとだけ力が強い。それからリヒトは私の両肩に手を置き、軽く屈《かが》んで私の顔を覗き込む。困ったように眉尻を下げて、口元に笑みを浮かべたリヒトと目が合った。私は、どんな顔をすればいいのかわからなくなって、キュッと口を引き結ぶ。

「だからさぁ……悪いこと、しようぜ？」

そんな私に向かって、リヒトは悪そうに笑った。……今、なんて？　悪いことって。その言葉があまりにも予想外で、私はものすごく変な顔になっていると思う。自分の気持ちがぐちゃぐちゃで、どうしたらいいのかわかっていないところへ不意打ちで妙なことを言われたんだもん。リヒトはそんな私を見てプッと小さく噴き出した。ちょっぴり心に余裕が生まれた。そんなに変な顔をしてたんだ、私。

「例えば今、お前は夜に一人で出歩いた。いつもの良い子のメグならそんなこと絶対にしないよな？」

その通りである。こんな暗い中を一人で歩くなんて初めてだ。明るい時間帯は許されているけど、相変わらず夜は誰かと一緒じゃないと怒られるもん。というか、魔大陸では安全なオルトゥス周辺でさえ、夜の一人歩きはあまり良いとされていない。それなりの実力者じゃないと危ないからだ。つまり私は今、保護者たちの言いつけを破っていたのだ。しかもここはオルトゥスではなく魔王城周辺で、さらに町の外にまで来てしまっている。バレたら色んな人からのお説教コースは免《まぬか》れない。だけど、リヒトはそれでいいんだよと言った。なるほど、私に悪いことをさせようとしているらしい。悪い大人だ。

「メグが満足するまで付き合ってやるから、思いつく限りの悪いことでもしに行こうぜ」

だけど、それもいいなと思った。ヤケになっているわけではないけど、今の私に必要なのは発散なんだと思う。せっかくリヒトが付き合ってくれるというのだ。なってやろうじゃないか、悪い子に。

「ほら、なんか思いつかねぇの？」

いたずらっ子のように笑いながらリヒトが言う。悪いこと、か。それなら、今はものすごくやりたいことがある。

「……ま」

「ま？」

ずっと何かを耐えるように黙っていたからか、すぐには声が出て来なくて一度口を閉じる。そして長く息を吐き出した後、リヒトを睨むように見上げて私は言った。

「魔力を、ぶっ放したい。思い切り」

「……そうきたかぁ」

リヒトの口元が引きつっている。まぁ、そりゃそうなるよね。私が思い切り魔力をぶっ放したらどうなるかなんて考えなくてもわかるもん。やばいって。だけど、やりたい。思い切り叫びたいというような衝動と同じ感覚で、魔力を放出したいのだ。

「ハイエルフの郷《さと》。リヒト、その近くまででいいから連れて行って」

「そ、それはいいけど……そこなら大丈夫なのか？」

たぶん、今の私は据《す》わった目をしていると思う。相変わらずリヒトの笑顔が強張っているから。申し訳ないなって思うよ？　無茶なこと言っちゃってさ。でも無茶じゃないのだ。ハイエルフの郷にはあの人がいるから。

「魔力暴走をしかけた時、あの場所で魔力を放出したから」

そうと決めたらウズウズし始めちゃって、今の私には丁寧に説明してあげられるような余裕がなくなっている。そのため、素っ気なくて冷たい言葉になっちゃった。でもリヒトは気にした風もなく、すぐに思い当たったように何度か頷いた。魂を分け合う前の大変だった時のことだと察してくれたのだろう。なるほどと呟いて、リヒトは再び笑ってくれた。器の大きな兄である。ごめんね、ほんと。

「おっし、それならいっちょぶっ放しに行こう。ただ、俺は郷の中には入れないだろうから、外で待たせてもらうけど」

「……別に、送ってくれたらそのまま帰ってもいいいんだよ」

これは嘘だ。本当はワガママだけを言いたいのに、私の中にわずかに残った遠慮が顔を出してしまった。それならもっと言い方を考えてくれ、と自分でも思うけど。随分かわいくない言い方をしちゃったな。わずかに視線を下に向けていると、ピンっとおでこを指で弾かれる。地味に痛い。

「ばぁか。それじゃ意味ねーじゃん。話、聞いてほしいんだろ？　一度スッキリしてこいよ。その後、いくらでも聞いてやるからさ」

やっぱりリヒトには全て筒抜《つつ》けかぁ。おでこを手で押さえながら目だけでリヒトを見上げると、予想通りの意地悪な笑みを浮かべているのが見えた。もう敵わないなぁ。昔は、あんなにやんちゃですぐ感情が表に出る少年だったのに。クロンさんと結婚してからというもの、大人の余裕が出ちゃってさ。頼もしくて、悔しい。

「本当はクロンさんと一緒にいたいくせに」

「クロンのことは愛してるけどな。今はお前の方が大事だ」

「浮気だぁ……」

「メグ相手に？　笑える」

おかげで軽口《かるくち》を叩けるくらいには余裕が生まれたよ。やっとリヒトの服をギュッと握れるくらいには動けるようになった。

ねぇ、迷惑をかけてごめんね？　だけど今、頼れるのはお兄ちゃんであるリヒトだけなんだ。軽口を叩いてくれたことでわずかに気が抜ける。今なら、素直に言えるかもしれない。

「……助けて、ほしい」

「……ああ、任せろ」

それだけを最後に、私は唇を噛みしめた。瞬きだってしない。これが限界だったから。リヒトは力強く答えると、私の手をギュッと握って転移の魔術を発動させた。

夜中の山はとにかく不気味だった。人間の大陸で夜の森を歩いたことがあるから、ある程度は平気なんだけどね。でも、魔物がうろつく魔大陸の山や森はやはり不気味さのレベルが違うと思う。

そんな中、相変わらず場違いな看板が聳《そび》え立つハイエルフの郷入り口。ちなみに、リヒトも一度来たことはあるので場所の認識は出来ています。っていうか、知らなかったら転移で近くに来ることも難しかったところだ。今さらながらリヒトが知っていて良かったと安堵してしまった。

「こんな夜中だけど、一人で大丈夫か？」

「ビックリはされるかもしれないけど、大丈夫」

基本的に、ハイエルフの郷にハイエルフ以外の種族は入ってはいけない。正常な空気がどうしても乱れてしまうからだ。なので、リヒトはこの看板近くに簡易テントを出して待機することになる。それなら出来るだけ急いで出てこないと、と思ったんだけど、そんな私の考えも察したのだろう、リヒトが先手を打ってきた。

「ゆっくりしてきていいからな。満足するまでぶっ放してこい。事情も話さなきゃいけないかもしれないし、焦る必要はないから。あー、何年もかかるっていうのはちょっと困るけどな。でも、そうなったとしても待つ。数カ月単位だったとしても待つから」

それがリヒトなりの気遣いなんだってすぐにわかった。何年もって。大袈裟《おおげさ》な言い回しだったけど、とにかく時間なんて気にせずに好きなように過ごしてこいって言ってくれているんだよね。本当にありがたいよ。さらにすごいのは、冗談で言っただろうに本気でいくらでも待つと言っているところだ。もちろんそんなに時間をかけることはしないけどさぁ、その間の業務をどうするつもりなのだと問い詰めたい。

「ありがとう。行ってきます」

「……おう」

けど、そんな野暮な質問はしないよ。まだそこまで軽い冗談を言い合うほど余裕もないから。素直に受け取って、私は挨拶だけを返して郷へ向かう。リヒトが私を見送る目は、どこまでも慈愛に満ちていた。

5 ストレス発散

ハイエルフの郷に入ると、すでにみんなが眠りについているのかとても静かだった。その中で起きている気配が二つ。その一つがこちらに向かって歩み寄ってくる気配がした。

「あぁ、やっぱりメグちゃんだったのね。ふふ、私は気配を読むのが苦手だけれど、珍しく当たったわ」

「ピピィさん……」

相変わらず可愛らしい容姿の私の祖母にあたるハイエルフ、ピピィさんがコロコロ笑いながら私の前までやってきた。今さらながら迷惑な時間に来てしまったことを軽く後悔してしまう。だけど、ピピィさんはそんな私の両手を取って、ギュッと握りしめながら私の顔を覗き込む。優しい笑顔に泣きそうになった。

「私たちを頼ってくれたのね？　とっても嬉しいわ！　もうっ、そんな顔するまで無理して……でも、お転婆《てんば》具合で言えばイェンナよりもずーっとマシね！　ちゃんと頼ってくれるところも、メグちゃんの方がお利口さんだわ」

ここへ来るたびに母様のお転婆な一面が次から次へと出てくるから、娘としては複雑な心境である。一度、会ってみたかったなぁと心底思う。ピピィさんはこんな言い方をしているけれど、本当はもっとイェンナさんとたくさん相談したかったんだよね。娘に対して出来なかったことを、私の時にはしてあげたいって言ってくれたことがあったもん。ならば私は孫として、それに甘えさせてもらおうと思うんだ。この人には、甘えても大丈夫なんだってわかる。

「それで、何をしたいのかしら？」

ピピィさんは優しい眼差しでそんな言葉を選んで言ってくれた。どうしたのか、とか、出来ることがあったら言って、なんて言葉ではなく、あくまで私が何をしたいのかを聞いてくれた。それがどれほどありがたいか。

「……言い方がちょっと乱暴になるかもしれないんですけど」

「あら。それは楽しみね？」

今の私は本当に余裕がないから、嫌な言い方になってしまうかもしれない。そう思って前置きをしてみたんだけど、それすらも楽しそうにピピィさんは受け止めてくれる。器が大きい。でも、おかげで安心してハッキリと言えそうだ。

「手加減なく、魔術をぶっ放したいんです……！」

「あら。あらあら、ふふっ。うふふ！　魔術をぶっ放したいのね？　ふふふ、わかったわ！」

そしてやっぱり内容を聞いてもおかしそうに笑いながらあっさりと受け入れてくれた。ただ、どうやらツボに入ったのかごめんなさいね、と言いながらずっとコロコロ笑い続けている。ピピィさんのツボがわからない！　けど、明るく受け止めてくれたことにとても安心させてもらった。正直に打ち明けて良かったな。

「それなら、必要なのはシェルの力ってわけよね？　そして彼を動かすために必要なのが私。うんうん、完璧だわ！　任せてちょうだい」

そして話が早い。ほわほわとした雰囲気を纏《まと》いながらも、テキパキと行動に移してくれるピピィさんを見ていたら、なんだか肩の力も抜けてきた。そんな私を見て、さっきまでご機嫌な様子だったピピィさんの表情がすぐに優しい微笑みに変わる。それは私の、メグの祖母の顔だった。

「……やっと、少しだけ笑ってくれたわね」

「ピピィさん……ごめんなさい。それに、こんな夜遅い時間なのに私……」

優しさが染み渡るとともに罪悪感も湧き起こる。だけど、そんな私の申し訳なく思う気持ちも全て包み込むようにピピィさんはギュッと抱き締めてくれた。背中に回された手は優しくポンポンと私の背中を叩いてくれていて、まるであやしてくれているかのよう。ゆっくりと、凝《こ》り固まったモヤモヤが解されていく気がした。

「いいのよ。いいの。私は嬉しいんだから。後でいつもの笑顔を見せてくれたらそれでいいわ」

ああ、やっぱり私の周りにはとても素敵な人がたくさんいるんだなぁ。この前クロンさんが言っていたことをしみじみと実感するよ。たくさん頼ろう。辛いのを我慢なんてしなくていいって、もうわかっているんだから。

ピピィさんは私の手を引いて歩いてくれた。行きついたのはピピィさんとシェルさんが暮らしている小屋。目的はシェルさんに会うことだ。だけど、シェルさんはいつも私の気配を感じるとどこかへ行ってしまう。顔を合わせるのが気まずいのだろう。もっと幼い時は子どもと関わるのが面倒だったからかな、とも思ったけどたぶん気まずいっていうのが一番の理由だと思う。だから今回もいないだろうなぁ、と思っていた。

しかしその予想は外れていた。なんと、あのシェルさんが今日は室内にいるのである。逃げずに待っていてくれた……？　とても珍しい。すごーく珍しい。奇跡？　だって、いてくれるってことは、私の話を聞く気があるってことだから。

「シェルさん」

リビングに案内された私は、ゆったりとソファーに座って本を読んでいるシェルさんに声をかけた。自宅でのんびりと過ごすシェルさんを見るのは初めてで、意外な一面を見られた喜びと、やっぱり意外だなぁという驚きで緊張してしまう。それにわかってはいたけど、一度声をかけたくらいではなんの反応も示してくれない。我が祖父はとても気難しいのである。だからこそ、遠回しな言い方は逆効果。いつだって直球でいくべきなのだ。どうせ彼は人の思考を読むことが出来るのだから、何も隠すことはない。私は息を軽く吸って再び口を開いた。

「シェルさん、ワガママを聞いてください」

今度は目的も添えて声をかけると、シェルさんはようやくピクリと動いた。それでもまだ本に視線を落としたままでこちらを見ようとはしない。背後でピピィさんが文句を言っているけど、それをそっと手で制して私は続けた。大丈夫。私は私の言葉でちゃんとシェルさんに話を聞いてもらうんだ。ピピィさんもその気持ちを酌んでくれたのか、すぐに小さく頷いてくれた。

「魔力の解放をお願いしたいんです」

「……今のお前には必要のないことではないのか」

そして三度目、ついに返答があった。ただ答えとしては否定的。まぁ、魔力の流れで暴走しそうかどうかなんてお見通しだもんね。シェルさんがそう言うのも理解出来る。けどね、今の私は少し心が荒《すさ》んでいる。悪い子メグなのだ。思考が読めるんだからシェルさんにだってわかっているだろうに。それなら遠慮なく言わせてもらおうと思う。私は淡々と声のトーンを変えず、強気に言い放った。

「必要なんです。気持ち的に。というかシェルさんが手助けしてくれなかったら、この郷が吹き飛ぶだけになりますからね」

暫し、沈黙が流れる。少しして、シェルさんがようやく顔を上げた。相変わらず恐ろしく整ったお顔である。

「脅しとは、ずいぶんといい性格になったものだな」

「今の私は、悪い子なので」

つまり無敵である。普段は怒らせないようにしよう、迷惑をかけないようにしなきゃ、って考えてばかりだから言いたいことの半分も言えないんだけどね。悪い子になっているのだと思えば何でも言えてしまう気がするのだ。たぶん、ちょっと目が据わっていると思う。こんな見た目だし、迫力はないと思うけど。

「……イェンナのようだ」

「あら、メグちゃんはイェンナよりずっと良い子だわ」

「ふん、どうだか」

いつの間にかシェルさんの近くにいたピピィさんと何やら小声で話している。内容まではわからないけど、楽しそうなピピィさんに対して眉間にシワを寄せたシェルさんといういつもの姿だ。むむ、やっぱりワガママはきいてもらえないかな？　さすがに郷を吹き飛ばすなんてこと、本気でやるつもりはないけど……ストレス発散、したかったな。

やや諦めモードでひたすら待っていると、ついにシェルさんが本をテーブルに置いて立ち上がった。

「ついて来い」

「え、と……脅しておいてなんですけど、いいんですか？」

まさか許可をもらえるとは思わなかったのでビックリだ。え、これはオッケーってことだよね？　わかりにくいけど。ピピィさんに何か言われたのかな？　それにしても、である。

「郷が荒らされるのは面倒だ」

戸惑いながら立ち尽くしていると、シェルさんは扉に向かって歩き始め、私とすれ違いざまにボソリと告げた。その後ろからピピィさんがウィンクをしながら通り過ぎて行く。そ、そっか。つまり、ワガママを聞いてもらえるってことだね？　あまりにも相変わらずな態度に思わず小さく笑ってしまったよ。本当に素直じゃないな。少しだけ心を軽くして、私もその後ろについて足を踏み出す。

「ありがとうございます。おじいちゃん」

サラリと揺れる銀髪を見つめながらシェルさんの背中に向かって声をかけると、たぶん眉間のシワがさらに深く刻まれたのだろう、不機嫌オーラが増した気がした。

連れてこられたのは以前、魔力暴走の時にも使わせてもらった場所だった。辺りはもう真っ暗だったので、ピピィさんが光の自然魔術で仄《ほの》かに周囲を照らしてくれている。

私の契約精霊たちには好きに散歩しておいで、とあらかじめ告げてあった。ハイエルフの郷の空気は精霊にとって最も居心地の好《い》いものだからね。羽を伸ばしてもらいたいのと、これから行う魔力の放出に巻き込まないためだ。精霊たちに危険がないよう、ピピィさんが結界を張ってくれるそうだけど、近くにいたら危ないからね。それに、恐らく無様になるであろう主人の姿をあまり見せたくはない。見栄っ張りなんだよ、私は！　せめて精霊たちの前ではカッコつけさせて！

「やれ」

広場に着き、私から数メートルほど離れた位置に立って振り向いたシェルさんは、眉間に深いシワを刻み、腕を組んだ状態のままそれだけを言った。言い方がマフィアのそれっぽいんですよ……。マフィアに会ったことがないので想像だけど！　ま、まぁ、ここで気が変わられても困るので遠慮なくぶっ放そうと思います！

一度目を閉じて、魔力を練る。以前は溢れ出てくる魔力のストッパーを外すだけで勝手に放出したけど今回はコントロールが出来ているのでそうもいかないのだ。試しに、限界まで魔力を放出してしまおうか。使いすぎて倒れてしまわない程度に。

「め、メグちゃん……一体、どれほど魔力を使う気なの……⁉」

ピピィさんの焦ったような声が聞こえてきた。んー、もう少しいけそうなんだけど、このくらいにしておいた方がいいのかな？　私は薄く目を開けてシェルさんを見つめる。

「……まだ使ってもいいですか？　それとも、あまりやりすぎると抑えられませんか？」

自然と煽《あお》るような口調になってしまった。でも、別に悪意があるわけじゃない。心の中にあったモヤモヤとした感情を一緒に集めていたから、つい。シェルさんはさらに眉根を寄せた。あれだけ深いシワを刻んでいたのにまだ寄せる余地があったんだ。

「誰に向かって言っている。癇癪《かんしゃく》を起こした子どもの魔力など、そよ風にすぎん」

言ってくれるじゃないか。でも安心した。それでこそハイエルフの族長である。自然と口角が上がってしまう。よしよし、今の私はとても悪い子っぽいぞ。

「では、遠慮なく……っ！」

さらに魔力を集めると、ビリビリと空間が揺れた。私もこんなにたくさんの魔力を一度に集めたのは初めてだ。気を抜くとすぐにあっちこっちへ魔力が飛び散ってしまいそう。でもそうはさせない。この全てを一か所に集めないと！

「っ、い、きます……‼」

もう破裂寸前、というところで私は両手を前に突き出した。そして一気に溜めた魔力を放出していく。そのあまりの勢いに、腕がビンビンと震えた。左手で押さえ、保護魔術をかけていてもこれなのだから、何もしていなかったら一瞬で身体が吹き飛んでいるところだ。あの時の暴走とは比較にもならない魔力の塊《かたまり》が真っ直ぐシェルさんに向かって飛んでいく。……さすがに、やばいかも？　そうは思ったけどシェルさんがやれと言ったのだからなんとかしてくれるだろう。それに、ちょっとくらいダメージを負わせたって大丈夫。幼い時の事件の恨みつらみを今回でチャラにしてあげればいいのだ。私の中の黒メグがそう言っている。正直、恨みなんかほぼないけれど。

「ぐ……」

シェルさんが呻き声を上げた、ような気がする！　轟音《ごうおん》の中では小さな呻きなんて聞こえないけど、顔を歪めているからたぶん言った。私の中で抱いていたシェルさんに対するちょっとした不満みたいなものが解消された気がした。人が苦しむのを見て溜飲《りゅういん》を下げるなんて、私ったら実はかなり性格が悪かったんだな。それとも今が悪い子思考だからだろうか。

辛そうに顔を歪めていたけれど、そこはさすがというべきか。シェルさんは私の魔力を全て風に変換し、以前のようにその全てを空に逃がした。直角に曲がった魔力の風は、勢いを殺さずにどこまでも夜空を貫いていく。あくまで風なので視認はしにくいけれど、いつまでも辺りに散ることなく真っ直ぐ風が吹き続けている。ものすごい暴風。ハリケーンが目の前にあるといった感じだ。もはや災害とも言えるレベルの光景が広がっているのに、私の心は次第に晴れていくようだった。

「……き、気持ちいいっ！」

なんという爽快感だろう。こんなにスッキリとするのは初めてかもしれない。開放感がすごい。あーもー、最近は不安だらけで、嫌になっちゃう！　全てを放り投げたいけど、そんな度胸もない。向き合わなきゃいけない、考えなきゃいけない。そんなことばかりで押し潰されそうだった。わかってるんだよ、逃げてばっかりじゃダメだってことくらい。進まなきゃ終わらないし、いつか後悔するってことも。でもさ、でも。逃げたいし、目を逸らしたい。考えることを諦めたいし、誰かに押し付けたい。無責任だっていいじゃん！　って開き直りたい。

大体、なんでアスカにあんなこと言われなきゃいけないの。いくらなんでも酷くない？　正論は人を傷つけるんだよ！　私が悪いとは思うけど、あんな言い方しなくたっていいじゃない。今度会ったら、怒ってやるんだから。そうだよ、私だって怒ることがある。怒りをぶつけたっていいんだ。絶対に叶わないワガママだって言っていい。言うだけなら問題ないし、きっとみんな受け止めてくれるもん。

「勝手なことばっかり、言うなーっ！　なんで、なんでよ……！　私を……みんな私を、置いて行かないで……っ！」

無意識に、言葉が出てきた。そっか、これが私の本音だったんだ。どんどん先に進んでいくように見える同年代の友達、一人だけ遅い身体と心の成長。どう足掻《あが》いても先にこの世からいなくなってしまう、大好きな人たち。そうだ。私は、一人取り残されるのが怖かったんだ。

魔力の放出を続けながら、私はその場でわぁわぁと声を上げて泣いた。父様のところで散々泣いたはずなのに、情けないことだよね。でも泣けるのならたくさん泣けばいいんだと思う。我慢しないで、これからも時々は泣こう。もっと早くから些細なことでも人に相談しよう。何度も同じことで反省して、失敗して、泣いて。成長しない私だけど、その度に誰かに背中を押してもらおう。

『……大丈夫だよ』

荒れ狂う魔力と風の中で、誰かが私を励ましてくれる声を聞いた気がした。

気が済むまで魔力を放出した後、さすがにヘトヘトに疲れた私はその場に仰向けに寝転んでいた。魔力が枯渇《こかつ》まではしないけど、半分以上は使ったんじゃないかな。体感的に。……これでもまだ半分かぁ、ということに乾いた笑いしか出ないや。まぁ、魔力を放出し続けるのに体力と精神力を使ったから疲労感は結構あるんだけど。だからこそヘトヘトになっているわけだし。

「随分と派手にやったわねー。はい、ハーブ水よ」

「あ、ありがとうございます、ピピィさん」

ぼんやり星空を眺めていたらそこにヒョイッとニコニコ笑顔のピピィさんが覗き込んできたのでゆっくり上半身を起こす。手渡されたコップを受け取って、そのまま一口。爽やかなハーブの香りが鼻に抜けてスッキリした。そのままピピィさんは、片膝を立てて座り込んでいるシェルさんの下へ。さすがにシェルさんも疲れたかぁ。まぁ、これで平然と立っていたらそれはそれで怖いけど。良かった、ちゃんとこの人も疲れることがあるんだってことが知れて。

「おい」

シェルさんはハーブ水を一気に飲み干すと、私を睨みつけながら声をかけて来た。声もどことなく迫力があって、ちょっとビックリ。泣き喚いたのがうるさかったかな？　文句を言われる？　とも思ったんだけど……ちょっと違う。あれ、警戒している？　え、私に？　さすがにやりすぎたかな？　そう思って謝罪の言葉を口にしようとしたけれど、その前にシェルさんが鋭い声色で言い放つ。

「お前は、誰だ」

真っ直ぐこちらを見つめるシェルさん。こちらを……あれ？　私を見ているようで、そうではない、のかな？　ずっと遠くを見ているような、私のその奥を睨んでいるような。その視線と質問の意味がわからなくて、私はただ戸惑っていた。見れば、ピピィさんも困惑したように私とシェルさんを交互に見ている。えーっと。ど、どういうこと？

「……え」

「あ、あの。今のは、どういう……？」

この緊迫した空気に耐え切れず、恐る恐る聞いてみるとようやくシェルさんは私から視線を逸らした。それから小さな声でなんでもない、と呟く。いや、なんでもないって。それは無理があるのでは。だけどこの人のことだ。それ以上はきっと何も話してくれないだろう。

案の定、そのまま黙っているとシェルさんは立ち上がり、私の前を無言で通り過ぎた。小屋に帰るのかな？　ものすごく気にはなるけど、まずはお礼を言わなきゃ！

「あ、あの！　ありがとうございました！　おかげで、スッキリしました」

かなり生意気なことを言ったし、調子に乗ったこと考えていたよね。冷静になってみると恥ずかしくなるほどのやらかしをしているわけだけど、なかったことにするわけにはいかない。ちゃんとお礼を伝えるべきなのだ。いつも何を言っても聞こえていないかのようにそのまま歩き去るから、今日もそうするだろうなーと思いながらシェルさんの背中を見送る。だけど、予想に反して彼は急に立ち止まった。今日のシェルさんは予想外の動きばかりをする。

「……誰かに相談することが不可能になったら、ここへ来い」

そして、振り返ることなくそれだけを言い残すと、シェルさんは今度こそ小屋の方へと一人姿を消していった。……どういう、意味だろう？　まさか、私を心配しての言葉じゃない、よねぇ？

それに、相談をすることが不可能になったらだなんて、妙な言い回しをするものだ。今日のシェルさんはいつもと少しだけ様子が違って変な気分。もちろん嫌じゃないよ！　むしろ、少しだけでも私を気遣ってくれたのかな？　って気がして嬉しいくらいだ。

「さて、と。私も小屋に戻るわね。メグちゃんはイェンナの小屋を使う？」

ふわぁ、と欠伸《あくび》をしながら告げたピピィさんの言葉にハッとする。そうだ、ピピィさんにもすごく迷惑をかけちゃったよね。本来なら寝ている時間なのに。

「い、いえ！　郷の外で仲間が待っているので……」

本当は、今日のところはあの小屋で休んでも良かった。良かったんだけど……。ちょっと、思い出してしまったのだ。あの小屋は、ギルさんと一緒に泊まった小屋だなって。そんなことどうでもいいのに、なんというか。一人で泊まる気にはなれないというか。楽しかった記憶を思い出すと、妙に心がザワザワするんだもん。それなら、簡易テントの中で休んだ方がいい。せっかくストレス発散したのに、またモヤモヤが溜まるのは避けたい。

「あら、そうなのね。わかったわ。……メグちゃん。またいつでもここへ来ていいからね？」

「は、はい。でも、今日はこんなに遅い時間に来てしまって本当にごめんなさい……」

とろん、とした目で眠そうな顔のピピィさんを見ていたらすごーく申し訳なくなる。だから改めて頭を下げたんだけど、急に頬を両手で挟み込むように包まれ、上を向かされた。あう。

「いつでも、って言ったのよ？　日にちも、時間も、何も気にしなくていいの。私ね、メグちゃんがこんな時間に来てワガママを言ってくれたのがとても嬉しいのよ？」

ピピィさん……。そっか。そうだよね。だって、家族なんだもん。私も、もし逆の立場だったらそんなこと気にせずに頼ってもらいたいって思うはずだ。

「……はい。またワガママ言いに来ますね」

「ふふ、楽しみにしてるわ！」

眠そうな顔で笑ったピピィさんの笑顔は本当に嬉しそうで、私まで嬉しくなった。私は家族にも恵まれている。この縁もずっとずっと大事にするからね！

それから私はすぐにハイエルフの郷を出た。出入口付近にはリヒトの簡易テントがあったので、その隣に私も自分の簡易テントを出す。こうしておけば、リヒトが外に出た時に私が戻ったと気付くはずだ。

静かな簡易テント内でゆっくりお風呂に入って、ベッドに潜り込む。こんなに夜更かしをしたのはいつぶりだろうか。なかなかの悪い子だ。明日はリヒトに問い詰められるかな？

「あ。そうだ……。ここに来たら神様について話を聞こうと思っていたんだった」

次にハイエルフの郷に来たら調べてみようと思っていたんだっけ。すっかり忘れてたよ。というかそこまで頭が回らなかったというか。けど、まぁいっか。特に急ぐわけでもないし、次に来た時で。それに今日はさすがにもう眠い。ずっと抱えていたモヤモヤが少し晴れたおかげか、その日の私は夢も見ずにぐっすりと眠った。

次の日は、かなり寝坊した。目覚めた時はすでに陽が真上に来ていて、お昼過ぎまで寝ていたことに愕然《がくぜん》としちゃったよ！　ぐぅぅ、とお腹が鳴る。たくさん魔力を使ったし、この時間だ。そりゃあお腹も空くか。このまま何かを食べてもいいんだけど、それよりも何よりも今はリヒトだ。隣に簡易テントを張ったのだから、私が起きるのを待ってくれているかもしれない。私は慌てて身支度を整えて、テントの外に出た。

「お、メグ。おはよう。もうこんにちは、だけどな！」

そして、テントを出たその目の前でリヒトが寛《くつろ》いでいる姿を発見した。キャンピングチェアにゆったりと座って本を読むリヒト。その近くでは簡易調理台で火を焚《た》いており、そこからものすごくいい匂いが漂っていた。

「お、はよう？　あれ？　珍しいね？　外でこうして食事するなんて……」

まるでキャンプみたいだ。人間の大陸に行っていた時も、基本的に食事は室内のキッチンで準備していたからこういうのは本当に久しぶり。

「だってお前がぜーんぜん起きてこねーんだもん。隣にいるのはわかってても、いつ出てくるかはわかんねーだろ？　テント内で飯食ってる間に出て来られても困るじゃん」

「それもそっかぁ」

食うか？　というリヒトの質問に、私のお腹の虫がぐぅと鳴いて答えた。くつくつとリヒトが声を殺して笑う。いっそ派手に笑ってくれませんかねぇ？　出してくれたもう一つのキャンピングチエアに座ると、リヒトが立ち上がって調理台を覗き込む。スキレットでソーセージと卵を焼いているらしく、その匂いがもう、ものすごくおいしそうでたまらない。不思議だよね、作っているのはただの焼いたソーセージと目玉焼きなのに。スキレットの隣の網で軽く焼き目を付けたパンと、お皿にのせられたソーセージと目玉焼きを手渡され、私は軽く手を合わせてから食べ始めた。

「んんっ、おいひぃ……！」

とてもシンプルなメニューだというのに、外で食べるってだけでどうしてこんなにも美味しく感じるのだろう。ハイエルフの郷の前というのもあって、空気がとても綺麗なのもあるんだろうなぁ。

「昨日はずいぶんとぶっ放したみたいだな？」

「んぐっ、え⁉　あれ？　外にまで魔力が漏れてた⁉」

ハイエルフの郷は外とは遮断された空間だ。だから、どれだけ魔力暴走を起こしても外に影響は与えないと思ったんだけどな。でもまぁ、考えてみれば遮断されているとはいえ、別の世界というわけではないもんね。それに、リヒトとは魂が繋がっているのだ。私の荒れに荒れた心を察知していたはず。

「いや、視認は出来なかったけど……こう、ゾクゾクッとした感覚はずっとあったな。魔王様とかオルトゥスの実力者なんかはうっすら違和感として何かを感じ取っていたかも」

「うわぁ、どうしよう……」

あ、あれ？　これは予想以上に外にも影響があったっぽい？　うわぁ、帰った時に何か言われる可能性大だ。お説教かなぁ、尋問かなぁ。……というか、私ったら黙って魔王城を飛び出して来たんだった。初めての家出である。そんな中であの魔力を感知したのだとしたら、居場所なんてすでにバレバレってヤツだよね。別に絶対に見つからないようにしよう！　とは思っていないけど、なんかすごくこう、アレだ。恥ずかしい。公認の家出って感じで。どこの良家のお嬢様だ。

しかもリヒトのことだから父様には伝えてあるんだろうな。そうじゃなかったら今頃ここに来ているはずだもん。よくよく考えてみれば、魔大陸にいて碌《ろく》に魔力も隠しているわけじゃないのだから、魔力放出する前からあっさり居場所なんてバレてる気がするし。あのハイスペックな人が居場所を特定出来ないわけがないのだ。ハイエルフの郷にいる間はわからなかっただろうけどね。

「誤魔化せばいいじゃん。お前は今、悪い子メグなわけだし」

「……お主もワルよのー」

リヒトがニヤッと笑ってそういうので、私も同じように笑って返す。そうだよ、せっかく悪い子になっているんだから、言いたくないって黙っていればいいのだ。誤魔化すのは……バレる気しかしないから黙る一択である。

「くくっ、冗談を言えるくらいにはなったか」

リヒトが手を伸ばし、私の頭をくしゃりと撫でた。どこか安心したようなその表情に、申し訳なさとありがたさが同時に湧き上がる。ごめんね、そしてありがとう。

「けど、まだ戻りたくはないかなぁ……」

「なぁ、それ。そろそろ事情を聞いてもいいよな？」

リヒトの言葉を聞いてはたと気付く。あれ？

「まだ、話してなかったっけ？」

「お前、魔力ぶっ放して勝手にスッキリしてんじゃねーよ」

そうだったっけ？　いや、そうかも、そうだ。気持ちが楽になったおかげで気が抜けたというか、思考が少し鈍いのかもしれない。そうだね、まだ言っていなかった。うっかり。

「今はだいぶ楽になったかもしれないけど、それって根本的な解決になってないんだろ？　それに、聞かせてもらう約束だったからな！」

「それは、もちろん。私も聞いてほしいし、話す気はあったよ？」

聞いてもらうことで、きっと気持ちも整理出来るしスッキリすると思う。悩みが解決するかはわからないけど、話を聞いてもらうだけでありがたいから。ならば早速、と思って口を開きかけたところでリヒトから待ったがかかった。

「その前に。もう一人の兄ちゃんも呼んでいいよな？」

ニッと少し悪そうな笑みを浮かべるリヒト。もう一人のお兄ちゃんって……。え？　まさか。

「え……え？　で、でも」

「そっちでも約束してんだよ。悪いがお前に拒否権はない！」

ちょっと待ってろ、と言い捨てて、リヒトはあっという間に転移していってしまう。ポツンと一人取り残された私は、呆然と立ち尽くしてしまった。まさか、ねぇ？　いやでも、それしか思いつかないし……。え、いいのかな？　そりゃあ来てくれたら嬉しいけど、たったそれだけのために旅を中断してくれるなんてことがあるのかな？

ドキドキしながら待つこと、ほんの数分。リヒトが転移で戻ってきた。宣言通り、もう一人を連れて。こんな短時間で？　たった数分だよ？　それってリヒトの話を軽く聞いただけで即答したってことじゃないか。ツンと鼻の奥が痛くなった。

「メグ！」

「ろ、ロニーぃ……！」

その姿を見ただけで涙が滲《にじ》む。ロニーはそのまますぐに私の近くまで歩み寄ってくれて、ギュッと両手で私の手を握ってくれた。あったかい。

「な、なんでぇ？　だって旅に出たばっかりでしょ？　私、私がワガママ言ったせいで」

「違う」

私の言葉を遮ったロニーの声は力強くて、有無を言わせないという響きがあった。そして、もう一度それは違うからとロニーは言う。

「妹が悩んでいるんだから、すぐに駆け付けるのは当たり前でしょ。メグ、ちゃんと助けを求めたんだね。えらかったね」

リヒトもすぐに知らせてくれてありがとう、とロニーは続けた。もう、それだけで我慢が出来なくなって、私はまた泣いてしまう。だってそれはつまり、リヒトとロニーは最初から私の様子がおかしかったことに気付いていたってことでしょ？　そして、何かあったらすぐに助けに来るって決めてくれていたってことじゃないか。そんなの、そんなの、泣くに決まってる。優しくて、温かくて、嬉しくて。

「ぅ、わぁぁん……!!」

「ああ、泣いちゃった」

「ま、これはあれだろ。嬉し泣きってヤツだ」

顔を覆って泣いてしまったから、二人がどんな顔をしているのか見ることは出来ないけれど、きっと困ったように笑っているんだと思う。だって、声がとても優しいから。

「昨日のメグは、泣くこともしなかったんだ」

「そうだったの。うん、それなら、泣いてくれた方がずっといい。メグ、僕たちは、しばらくメグと一緒にいるからね」

ズルい。この兄たちは本当にズルい。そんな風に優しい言葉をかけながら背中や頭を撫でられたらもう涙が止まらなくなるじゃない。たぶん、それが狙いなんだろうけど。おかげで私はしばらく泣き続けて、もうすぐ成人になるというのにリヒトとロニーに甘えまくってしまった。

涙も落ち着いた頃、濡れタオルで目を冷やしながら私は二人にずっと溜め込んでいたことを打ち明けた。お父さんと父様の寿命について、そのことで父様と話をしたこと。次期魔王になるための準備を始めないと、という覚悟。そうなったらきっと、さらに魔力が増えるだろうことへの不安。グートに告白されて、断ってしまったことへの罪悪感。アスカに容赦《ようしゃ》なく言われたことへの憤《いきどお》りと不甲斐なさ。そして……ギルさんのこと。

「なんか、もう何から考えたらいいのかわからなくなっちゃって……でも、どれも答えが見えなくて、苦しくて」

話している間にまたポロポロと涙が出てきて、その度にロニーがポンポンと背中を優しく撫でてくれた。ハンカチもさりげなく渡してくれる。甲斐甲斐しい。

「キッツいな、それは。大人でも辛いぞ。色々重なっちまったんだなぁ」

「うん、本当にたくさんのことを抱えていたんだね」

たくさん泣いてしまったけど、何に悩んでいたのか、何が苦しかったのかが自分の中でもまとまってきたかもしれない。そっか、私は一度にこれだけのことを抱え込もうとしていたんだ、って。

わかってはいたけど、改めて整理が出来たように思う。

「よし、わかった。それなら、一つ一つ掘り下げて聞いていこう。まずはやっぱり、魔王様とユージンさんの寿命についてだけど……ごめん。それは俺も知ってた」

「……やっぱり？」

リヒトの答えにはあまり驚かなかった。そしてそれはロニーも。聞いてみると、ロニーは知っていたわけではないけど、なんとなく変だって感じ取っていたみたい。

「あまりかかわりのない僕でさえ、違和感に気付いた。だから、勘付いている人は、他にもいると思う」

そうだよね。それもある程度予想通りだ。けど、さすがにあと十年ほどしか時間が残されていないとまではリヒトも知らなかったらしく、かなり衝撃を受けていた。

「そんな重要なことを一人で抱えなくていいんだよ。あー、でも。魔王様やユージンさんもおいそれと人には言えないだろうから仕方ないとは思うけどさ……」

「そうだね。だから、よく話してくれたね、メグ。ありがとう」

魔大陸の重要人物が二人もいなくなってしまう。その報せはきっとこの大陸を揺るがす大事件となるだろう。だからこそ知らせるタイミングには悩むだろうし、みんなで考えなきゃいけないことなんだよね。あと、たったの十年。されど十年だ。

リヒトやロニーも色んな人に相談してくれるという。特にリヒトの方は、王の逝去《せいきょ》となったらその後かなり慌ただしくなるだろう。それでも、動揺を少しも見せることのない姿はとても頼もしく見えた。それから二人は、この件について具体的にどう動こうと思っているかも丁寧に教えてくれた。薄々気付いていた時から、もしもの時はどうするのかというのをあらかじめ考えていたのかもしれない。すごいなぁ。そういうところが私には足りないなって思う。

「ちなみに、俺も今こうして相談してるからこそ、あれこれ案が出てるんだからな？　メグみたいに突然その事実を一人で知っていたら、こんな風には考えられなかった！　二人はすごいなぁ、とか思ってんだとしたらそれは違うぞ」

「僕だってそう。メグが泣いていたから、しっかりしなきゃって思えた。一人だったら、頭は真っ白だったよ、きっと」

なんか、考えが読まれていたみたいだ。でも、そっか。そうかもしれない。もし、私にも守るべき対象がいたら、しっかりしなきゃってあれこれ頭を働かせていたかもしれないもん。いや、未熟だからそれもどこまで出来たかはわかったもんじゃないけど。というか、二人が言いたいのはそういうことじゃないんだよね。

「うん。ありがとう。私も一緒に、考えるね」

必要以上に落ち込むなってことなんだ。状況が違えば、誰もが私みたいにパンクしていたかもしれないってことを言いたいんだよね、きっと。よし、もう自分を卑下《ひげ》したりしないようにする。ちゃんとみんなで相談すれば、きっと乗り越えられるよね。

「いい顔になってきたな。ってことで。まずは一つ、少し肩の力が抜けたか？」

言われて初めて、確かに心がさらに軽くなっていることに気付く。一人でこの悲しみを抱えなくていいんだってわかったから、かな。私は感謝の気持ちを込めて二人に微笑みかけた。

6　初めての夜遊び

「うし！　じゃあ次！　……どんな悪いことしに行く？」

「えっ、それ!?」

てっきり、次のお悩み相談に移るのかと思っていたのに、リヒトが悪い笑みを浮かべてそんなことを言うので驚いて突っ込んでしまったよ。ほら、ロニーも不思議顔だ。予想外だと思ったのは私だけではなかった！

「悩みが解決するわけじゃないいんだからさ、悩み一つにつき一つストレス発散してけばいいじゃん。こんな機会、今を逃したらないぜ？　今後同じことをしようと思ったらただのダメな大人になるし」

「つまり、僕とリヒトはしっかりダメな大人、だね？」

「それを言ったらおしまいだぞ、ロニー。共犯だ共犯。しっかり付き合え！」

「それは、別にいいけどね」

ロニーまでもがニヤリと悪い笑みを浮かべ始めたぞ。おぉ、悪い大人だ。なんだか楽しくなってきたかも。

「えと、じゃ、じゃあ。その……」

とはいえ、悪いことといってもそう思いつかない小心者が私である。たばことかお酒はもちろん無理なので、そうなるとあとは……。

「夜遊び、とか？」

昨日も夜中に家出したから似たようなものかもしれないけれど。悪いことをするといえば夜かなって。そもそも、夜の街をうろつくことがなかったから。でも、この大陸での夜遊びって何をするんだろう。日本のように夜遅くまでやってるお店も少ないだろうし、カラオケとかの娯楽《ごらく》施設があるわけでもないし。

「メグの精一杯の悪事が、夜遊び」

「まぁ、そう言うな。だからこそメグなんだよ、そのまま大きくなれよ」

「馬鹿にしてない？　ねぇ、馬鹿にしてない⁉」

ぽかん、とした様子で呟くロニーに、リヒトが呆れたように笑う。絶対馬鹿にしたよね、今？

ムッとしながらリヒトを睨み上げると、あははと笑いながら肩をポンポン叩かれた。

「褒めてるんだって。よし、じゃあその夜遊びのために少し準備するかぁ」

本当に褒めているのか些《いささ》か疑問ではあるけど、まぁいい。今は夜遊びについてだ。でも、準備？　何か必要なものでもあるのかな？　首を傾げていると、リヒトには呆れたようにお前はそのままじゃ目立ちすぎると言われてハッとなった。確かに。というわけで久しぶりに使います、髪と目の色を変える魔道具！　さらに、ロニーが使っている地味な色合いの大き目なフードマントを一つ拝借。これでかなり目立たなくなった。私の物は基本、全部お洒落《しゃれ》でちょっと色合いも目立つような物ばかりだからね……！　理由は察してください。

「じゃ、夜の街に繰り出しますか！　と言っても、オルトゥス近くの街や魔王城城下町はダメだ。知り合いが多すぎる。なので、ちょっとくらい顔を見られてもバレにくい、メグが行ったことのない街に行きまーす」

「行ったことのない街……？　どこだろ」

行ったことのない街は、実はたくさんある。ひょっとすると人間の大陸のコルティーガの方がよほど色んな街に行っているかもしれない。だって、なかなか行く機会がなくて。オルトゥスと魔王城周辺の街以外だと、アニュラス近くの街、ルド医師と一緒にお墓参りに行く時に立ち寄る街、エルフの郷、それからステルラ近くの街も行ったことがある。……おう、数えるほどしかないな？　魔大陸ももっと広いというのに。まぁ、あちこちに行けるようになったのも割と最近だからね。最近と言っても二十年くらいは経っているんだけど。エルフの時間感覚に染まってるなぁ。

「今いるのがハイエルフの郷があるホークレイの山だろ？　ここからもっと北の方に行くんだ。ロニーは行ったことあるか？」

「ん、行ったことはある。けど、そんなに滞在してないから、あんまり知らないかも」

　ホークレイのさらに北、かぁ。つまりオルトゥスがあるリルトーレイの西にある街ってことかな。あの辺りって少し寒い地域なんだよね。確かに私はまだ行ったことがない。これといって用がないというのもあるけど、山を越えなきゃいけないからなかなか行けなかったというのが大きい。山は大型の魔物がたくさんいるからね……。ハイエルフの郷に行く時だっていつも誰かと一緒だし。でもまぁ、今はリヒトが転移で行くだろうから魔物と遭遇する心配もないよね。

「ホークレイの北の街は夜遅くまでやってる露店が多いんだよ。営業してる店も多いぞ。ほとんど酒場だけどな！　でも、酒以外の飲み物もあるし、陽気でいいヤツらばっかりで楽しいぜ！」

　リヒトは、あんまり行ったことがないならロニーも楽しめると思う、と嬉しそうに笑う。むしろ、リヒト自身がすごくウキウキしているように見えなくもない。よほどお気に入りの場所なのだろう。まぁ、別にいいけども。そうと決まれば今から行こう、とリヒトは言う。ここからならそんなに遠くないし、今から行けばちょうど夜になるだろうから、と。え、あれ？　それってつまり。

「えっ、歩いていくの!?　ま、魔物が出るんじゃ……！」

　てっきり転移するのかと思ってた！　そう言うと、たまにはいいじゃんと軽く言われてしまった。移動すること自体は別に構わないけど、私は魔物が怖いよぉ！　ダンジョンの魔物でさえ倒せないんだよ？　実際の魔物を前にしたら逃げるか追い返すかしか出来ないよ！　いや、待て。別にそれでいいのか。討伐《とうばつ》じゃないんだから。でも、暗い中で魔物が出てくるのはやっぱり怖い。理屈ではないのだ。

「お前が勝てない魔物なんてもはや……あ、魔王様と一緒でお前は魔物を倒すのが辛いんだっけ」

最初はからかうように言いかけたリヒトだったけど、すぐに思い出したように気遣ってくれた。

いや、そもそも私が勝てない魔物はたくさんいるからね？　絶対いる！　でも追い返すことなら出来る、と渋々答えるとそれで十分だと返された。

「そもそも、プレッシャー放ってれば魔物も近寄って来ねーから大丈夫だろ。それは俺とロニーがやるし。問題なし！」

「ん。任せて」

プレッシャーを……！　そんなことも出来るようになっていたんだ、二人とも。私もやってみたことはあるんだけど、ちっとも怖くないって言われているんだよね。むしろ、妙に居心地が好くて近寄りたくなるらしい。魔王の血が魔物や亜人を寄せ付けるんだから、当然といえば当然だ。それでも、父様だったら畏怖《いふ》させることが出来るんだろうな。私にはまだまだ無理そうだぁ。

「それじゃ、向かう？」

「だな。せっかくだから運動して行こうぜ！　メグに合わせるからさ」

こんな時でも訓練はさせるらしい。ちゃっかりしているなぁ。ま、自分のためでもあるので否やはありませんとも。マントの下に着ていたお出かけ用の服から動きやすい服に着替え、出してあった簡易テントや焚火《たきび》を片付けて準備を整える。それからリヒトとロニーに目を向けると、二人は同時に微笑んでくれた。

「それじゃ、悪い子メグの夜遊びデビューに向かうとしますか！」

「あーあ、メグが悪い子になっちゃう、ね」

「言い方っ!」

これは、当分の間このネタで二人にはからかわれそうだ。けど、それもまた良し、かな。せっかくの機会だもん、私も思いっきり悪い子になってやるんだから! 早速、軽く準備運動をしてからジャンプして近くの木に登る。人間の大陸と違って遠慮なく魔術を使えるから、二人を置いていくつもりで進んじゃいます! 悪い子だし! それ行けー!

と、張り切ってはみたけれど。どれだけ頑張っても二人を振り切ることは出来ませんでした! 知ってた! それでも、思っていた以上に速くて本気を出さなきゃ危なかったと言われたのでちょっと嬉しい。私だってちゃんと成長しているんだから。ふふん。

それにしても、移動している間に随分と暗くなってきたな。もうほとんど陽が沈んでしまっている。車の運転していたらそろそろライトをつけなきゃいけないところだ。

「お、見えてきたぞ。外壁!」

走りながらリヒトの人差し指が示す方を見ると、確かに外壁が見える。なかなか大きな街みたいだ。オルトゥス周辺の街より大きそう。どんな街なんだろう。なんだかワクワクしてきたかも。

移動速度を次第に落としていき、街に入る時には徒歩で通過した。街に入るには身分証明書を見せないといけない。家出中の身とはいえ、別にそこまで隠れるつもりはないので素直に出すと、門番さんにはかなり驚かれてしまった。まぁ、特級ギルドのメンバー二人に魔王城勤務が一人なら驚くよね。しかも一人は子どもだし。すみません、これでも特級ギルドのメンバーなんですぅ。

「社会勉強ってことで。これでお願いします」

「わ、わかりました！」

門番さんに対し、人差し指を立てて内緒のポーズをするリヒト。社会勉強……確かにそうだけど。なんとなく、色んな人に見守られながら夜遊びをするような気がして微妙な心境である。仕方ない。未成年とはそういうものだ。安全な夜遊びである。

お忍び訪問のような感じで門をくぐって街に入ると、オレンジ色のライトが目に飛び込んできた。夜なのに明るい！　おそらく魔道具なんだろうけど、街中に裸電球のようなものが張り巡らされていて独特な空間が広がっていた。なんだろう、とても賑わっている高架橋下の飲み屋街のような印象がある。それよりは雰囲気が明るいから、ちょっとしたお祭りといった方が近いかもしれない。それに加えて、なんだかノスタルジーな雰囲気があった。夜という大人の時間というのもあってワクワク感が増している。

「すごい。夜でもこんなに明るい街は、初めて」

「だろ？　この街は明け方までずーっとこんな感じなんだ。朝まで飲み明かすのが普通って感じでさ」

屋台がたくさん並んでいて、お店の前にはそれぞれ簡易テーブルやイスが並んでいる。すでに飲み始めている人も大勢いて、かなり賑わっていた。リヒトは何度かこの場所に来たことがあるようで、慣れた様子で先を歩く。クロンさんと来たことがあるのかなぁ？　私とロニーはその後ろから周囲をキョロキョロ見回しながらついて歩いた。だって、色んな所からいい匂いが漂っているし、みんながとても楽しそうなんだもん。

そうして歩いているうちに、少し広い場所に出た。そこは広場になっていて、音楽を演奏している人やその曲に合わせて踊っている人もいて、本当にお祭りのよう。

「こ、これ、毎晩こんな感じなのかな？」

特別なお祭りってわけじゃないんだよね？　そんな驚きが思わず漏れてしまう。すると、広場にいた男の人が私の呟きを拾ったらしく、陽気に声をかけて来た。

「ここは毎晩こうだぜぇ！　嬢ちゃん、初めて来たのかい？」

「え、あ、はい。こんな光景も初めてなので、ビックリして……」

男の人は私の答えを聞くと嬉しそうにそうかそうか、と頷いている。すでに出来上がってるなぁ。鼻の頭が赤くなっている。

「毎晩飲みに来てるヤツもいるが、たまに立ち寄るヤツもいる。ここで歌って踊ってお金を稼ぐヤツもいるし、メンバーはその日によって色々だが、共通して言えるのは毎日楽しいってことさ！」

それだけ言うと、男の人は持っていたグラスをもって中のお酒を一気に飲み干した。すごい飲みっぷりである。もうなんか、この人だけじゃなくて街全体が陽気だ。それから男の人はグラスをテーブルにタァンと音を立てて置くと、急に私の手を引いた。わわっ！

「ほれ、踊ろうぜ、嬢ちゃん！　楽しまなきゃ損だ！　あの輪に入って、順番で色んな相手と踊るんだぞ」

「え、え、でも私、ここでの踊りは知らないですよっ⁉」

「そんなもん、適当でいいんだよ！　肩の力を抜いてさぁ、気軽に楽しめって。まだ若いんだからよぉ」

若いどころかまだ未成年なのですが！　お酒が入っているから私の年齢まではあまりわかっていないのかもしれない。フードを被っているからかも？　ってそうじゃない。ど、どうしよう？　慌ててリヒトとロニーの方に顔を向けると、苦笑を浮かべている姿を発見した。

「やっぱりすぐに捕まったなぁ、メグは」

「ん、メグは隙だらけ、だから」

助ける気はないらしい。どうせ隙だらけですよっ！　まぁこの人は本当に善意で、楽しんでもらいたいから誘ってくれているのだろうし、今の私は夜遊びのためにここに来ている。よぉし！

「踊ります!!」

「おっ、そうこなくっちゃなぁ！」

適当な踊りならオルトゥスでよく開催される小さなパーティーで何度も経験済みだ。要はあんな感じで雰囲気を楽しめばいいということなのだろう。踊らにゃ損ってヤツだよね！　楽しんだもの勝ちだ。私は、手を引いてくれた男の人をむしろ引っ張る勢いで踊りの輪の中へと入っていった。

それから小一時間ほど、私は色んな人と一緒に踊った。もちろん、今日ここで初めて会った人たちだ。私がまだ子どもだと気付いた人もいるし、気付かない人もいた。二人でどこかに行こう、と連れ出そうとしてきた人もいたけど、そういう人からはシレッと距離を取って自衛したよ！　そのくらいはちゃんと出来るのだ。さすがに攻撃まではしないよ。だって、お酒と場の雰囲気に酔っているだけだってことくらいわかるもん。せっかくの楽しい時間を台無しにしたくもなかったし！

でも、ここにオルトゥスの保護者たちがいたらどうなってたかなぁ、とは思う。ほんの少し想像して、思わずクスッと笑っちゃった。こうやってすぐに思い出しちゃうあたり、私って本当にオルトゥスが好きなんだなぁって実感するよ。

「すげぇ我慢したよな、俺ら」

「うん。危うく、殴《なぐ》り飛ばすところ、だった」

身近にいる保護者二人はどうにか耐えてくれたようで何よりです。うん、うん。……意外と過激な思考だったんだね？　特にロニーの発言には内心でかなり驚いている。だってロニーは優しいし、暴走する保護者たちを苦笑しながら眺めているイメージが強いから。けど、それは自分が言わなくても他の人が言ってくれるから黙っているだけだったようだ。過保護なのは他の人たちと変わらなかったらしい。嬉しいような、複雑な気持ちである。

「そろそろ、休憩。メグ、ずっと踊っているでしょ。何か食べたら？」

「うん、そうする」

曲が終わったタイミングで、ロニーがさりげなく手を引いてくれた。私もそろそろ休憩しようと思っていたところだったので良かったよ。だって、引っ切りなしに人が来るんだもん。次は自分と踊りましょって。

「メグは、老若男女問わず、モテるよね。本当に」

「こういう場だからだよ。ロニーやリヒトでもこうなったって」

「それは、ない」

そうかなぁ？　ここの人たち、みんなフレンドリーだからそんなことないと思うんだけど。ロニーからジュースの入ったコップを受け取りながら首を傾げる。

「もう少し、周囲の視線に集中してみて。次は自分と踊ってもらうっていう視線、多いと思うよ」

そんなに、かな？　でも、ロニーの目がとても真剣だったので言われた通り少し探ってみた。

……あ、あれ？　本当に色んな方向から視線がある？　しかも、狙われている感がヒシヒシと。もちろん殺気ではないけど、まさかこんなにたくさんの視線が自分に向けられていたなんて。急に怖くなって、慌ててジュースを一気飲み。ひぇぇ。

「ちゃんと、見ようと思えば、見えてくるでしょ？」

「う、はい……」

アスカにも、似たようなことを言われたっけ。そうだ、私は無意識に色んなことを見ないフリしている。人からの好意は嬉しいけれど、それ以上に怖いから。人によっては受け止め方がわからなくて、どうしようもなく怖かった。

今思えば、グートの気持ちにも気付けていたかもしれない。気付かないフリをしていただけかもしれないのだ。自分で勝手に友達だって、それ以上の感情なんてないって決め付けて。それってとても酷いことだったよね。

もしかしたら、アスカも。アスカも、本当に私を特別に思ってくれているのかもしれない。冗談っぽく言うから本気じゃないんだ、って決め付けているのは私なんだ。今ならそれがわかる。ただ、直接何かを言われるまでは何も言わないようにしようとは思う。これは、今までの逃げとは少し違うはず。だって、もしもアスカが気持ちを伝えてくれたのなら、その時はちゃんと向き合おうって今は思えるから。だけど、私はアスカの気持ちには応えられない。それをハッキリと伝えるのはやっぱりすごく怖いよ。それに悲しくて辛い。アスカのことは友達として、仲間として、家族としてとても大事だから傷つけたくないもん。

「もう、目を逸らさないようにしたいな。ちゃんと見ていないことが一番、相手を傷つける気がする」

自分の中で、一つの答えが出た。かもしれない。結局、私はその時になったら慌てるだろうし、無様に泣いたり騒いだりしてドタバタするんだろうけど。でも、向き合わないという不誠実なことは絶対にしたくないから。大切な相手であればあるほど、ね。

「それって、グートやアスカのことか？」

「……デリカシーがないなぁ、リヒトは」

「悪《わり》ぃ、悪ぃ」

絶対に悪いと思ってない顔で、リヒトが向かい側に座った。そう言い出すってことは、リヒトはアスカの気持ちに気付いているってこと、だよね？　やっぱりそうなのかぁ。アスカ……そう、かぁ。とても素敵な気持ちを向けてくれることを、素直に喜べたらいいのに。はぁ、と大きくため息を吐くと、ロニーはそっと頭を撫でてくれた。優しい兄だ。

「僕は、何があってもメグの味方。アスカのことも大切だから、複雑だけど。でも、メグの味方なのは、変わらないよ」

「ロニー……」

何度も言っているでしょ？　と微笑みかけたロニーの表情は言葉の通りどこか複雑そうで、私と同じように悩んでいるんだなってわかった。ロニーだって、アスカのことも大切だよね。当たり前のことだ。自分の大好きな人同士がギスギスするのは悲しいもんね。

「俺は、どっちも信じてる。きっと乗り越えられるってさ。ただ、メグが落ち込んでたらこうして駆け付けるし、アスカが悩んでたら飲みに誘ってやるつもりだ」

「ん、僕も」

それはとても頼もしい。そっか。そうだよね。グートやアスカの未来を、私が心配すること自体が烏滸《おこ》がましいのだ。彼らは彼らでちゃんと気持ちの整理をつけられる。そして、きっと今後も仲良くしてくれる。そういう子たちだもん。私が心配するようなことではないのだ。

「私は自分のことで精一杯の癖に、色んなことを自分のせいかもって抱えすぎていたんだね。何様なんだ、って話だったよ」

夜空を見上げてそう言葉にすると、より気持ちの整理が付けられた気がする。それなら次は、自分のことを考えようじゃないか。本来なら、最初に考えなきゃいけなかった自分のことを。モヤモヤとしていて、答えが出そうで出ないこの気持ちのことを。

私はリヒトとロニーに向き直って、ついに最も気になっていることを相談する決意を固めた。二人はそんな私の決意を察したのか、黙ってこちらに向き直ってくれる。気恥ずかしい気持ちもあるんだけど……。ここまで色々と晒《さら》しておいて今更だよね。よし、言うぞ。

「あの、ね。ギルさんの、ことなんだけど……」

一度、話し始めてしまえば簡単なことだった。ダンジョン攻略前に武器屋さんで起きた出来事、それからしばらく会えない日が続いて悲しかったこと、一度も連絡がなくて辛かったこと、そして……久しぶりに会った時のギルさんの態度への、違和感。

「なんだか、今までどうやって接していたのかわかんなくなっちゃって。……私、ギルさんが怖いなって思ってしまったの」

ギルさんに会うのが怖い。話すのが怖い。たぶん、拒否されるのが怖いんだ。触れようとしたら、その手を振り払われるんじゃないかって。武器屋さんで、私がギルさんの手に怯えてしまったように。それを考えるだけで怖くてたまらないんだ。大好きで大切なのは変わらないのに、怖いだなんて。それが酷い裏切りをしているみたいで、すごく苦しい。

「ギルのその態度は、確かにおかしいな。うーん……でもまぁ、それは一度置いておくとして」

「え、置いておくの？」

「そう。それより大事なことがある」

私はかなり大事な問題だと思うんだけど……。ま、まぁ今はギルさんではなく私自身の問題を考える時間だもんね。素直に話を聞こうと思います。

「お前はさ、ギルのことどう思ってるんだ？　お前にとって、ギルってどんな存在なんだよ」

「どう、って……」

なんでだろう、考えようとすると逃げたくなる自分が顔を出す。そ、そんなの、いつも助けてくれて、すごくお世話になっている命の恩人だ。もはや一番身近な家族のような存在で、それ以上は特に何もないよ。

……あれ？　どうして私はこの話題になると焦ってしまうのだろうか。焦って「何か」を否定してしまう。それに、悲しい。悲しくなってしまうのは、なぜ？　そんな考えに呑み込まれかけていた時、リヒトがポンと私の背中に手を置いた。ハッとなって顔を上げると、ロニーも眉尻を下げつつ微笑んでくれている。

「んな泣きそうな顔しなくて大丈夫だから」

「そう。ここにはメグを責める人、誰もいない」

私、泣きそうな顔をしていたのかな？　自分では気付かなくて思わず両手で頬を包み込む。そうしたら、自分の手の冷たさにすごくビックリした。緊張、していたのかな。

「怖がらなくていいんだぞ、メグ。何も怖いことなんかない。もし困ることがあったとしても大丈夫だ。俺もロニーもいるんだからな！」

「まだまだ、悪いことにも付き合うし、ね」

だからじっくり考えてみろ、とリヒトに言われて一つ深呼吸をする。そう、だよね。今はリヒトもロニーもいるんだ。きっと力になってくれる。なんて心強いんだろう。

怖くない、か。そうだ、私は怖がってる。じゃあ何を？　答えが出るのが怖いのかな？　それは、どうして？　ま、待て待て。まずはさっきのリヒトの質問の答えを考えよう。一つずつ、落ち着いて。

「私にとって、ギルさんは……命の恩人、かな」

「ああ、そうだったよな」

「それで、親代わりで……」

「でも今は、魔王様が、いる」

そう。少しずつ関係が変わっていったけど、私は変わらずギルさんのことが大好きだった。お父さんとも違うし、魔王である父様へと抱く感情とも違う。感謝の気持ちはとてもたくさんあって、それは他の人たちにも感じている。でも、やっぱり一番感謝しているかもしれない。だってギルさんは、いつも私の側にいてくれたから。心の距離っていうのかな？　それが最も近い相手がギルさんのような気がする。

でもそれは、リヒトやロニーもだ。リヒトなんか、魂を分け合っているから運命共同体だし、番としての繋がりとほぼ同じだって聞いている。だから、距離が最も近いのはリヒトと言えるはずなんだけど……。リヒトへの気持ちとギルさんへの気持ちは、やっぱり違う。私の中でギルさんはやっぱりそれ以上に特別で。

「特、別……？」

何が、特別なんだろう。近さ？　感謝の気持ち？　えーっとそうじゃなくて。ああ、もう少しで答えが出そうなのに！

『……起きたか』

『ふ……う、うぇ……』

『なっ……待っ……』

初めて出会った時は、怖くて泣いちゃったんだっけ。あの時の焦ったようなギルさんの様子は今でも思い出せる。

『娘として、受け取ってくれないか？』

『あい！　ありがとうでしゅ！　ギルパパ！』

そうだ、このブレスレットをもらった時は、娘として受け取ったんだよね。あの時は間違いなくパパと娘だった。いや、その時からパパと呼ぶには若すぎる気がしてしっくりとはきていなかったけれど。

『すまない……っ！　守って、やれなくて……！』

人間の大陸に飛ばされてしまった事件で、絶体絶命のピンチの時にギリギリで助けに来てくれたよね。あの時、ギルさんは小刻みに震えていて、すごく安心したのと同時に嬉しくて……心配をかけて申し訳なくて、胸がいっぱいになった。

ギルさんって、実は臆病なんだよね。あれほど強くて、一人で生きているような人なのに。でもそれは、ギルさんがすごく優しいからだって知ってる。大切な人や物を失うことをすごく恐れていて……たぶんだけど、だからこそ一人で行動することが多かったんだと思う。大切なものを、つくらないように。

『私、頑張るね。だから、無理しすぎてたら教えてほしい』

『ああ、任せろ。もし、無理をしすぎていたら全力で甘やかそう』

『うっ、罰が罰になってない……!?』

ハイエルフの郷で療養していた時。あの時は、二人きりでいることが多くてすごく幸せだった。この幸せをずーっと守っていきたいって思った。胸の奥で熱い何かが湧き上がってきて……それは、今も感じている。ギルさんのことを考えていると、なぜだか胸の奥がギュッとなって熱くなってくるのだ。

『頼むから、目覚めてくれ』

あれは、リヒトと魂を分け合った時のことだったっけ。私、目覚めるのが遅かったんだよね。そ
れで、すごく必死に私を呼ぶギルさんの声が聞こえてきて……。

『メグ、……している』

目覚める直前、ギルさんが何かを言ったんだ。それを、なぜか今になってハッキリと思い出す。

思い出せてしまった。心臓がドクンと音を鳴らす。そう、あの時ギルさんは。

――――メグ、愛している。

そう、そうだ。確かにそう言った。ずっとわかっていなかったけど。心臓がさらにバクバクと動
き出して、ブワッと顔が熱くなる。た、たぶんだけど、あの言葉もギルさん的には家族愛的な意味
で言ったんだと思うよ？　私は子どもだし、ギルさんが私を、こう、そういった目で見ていたとも
思えないし！　だけど。だけど。

『俺はお前から離れるつもりはない。生涯、な』

だ、だけど。いや、でも、まさか。

「どうした、メグ？　何かに気付いたか？」

「り、リヒト。で、でもね？　でも、私……まだ子どもなんだよ？」

「……すげぇ。何が『でも』なのかさっぱりわかんねーけど不思議とわかるぞ」

横で首を傾げているロニーにリヒトが何やら耳打ちをすると、すぐにロニーも何度か頷いた。え、なんで？　なんでわかるの？　説明が足りていない自覚はあるのに！

「誰かを好きになるのとか、番だと認識するのに、大人も子どももないって、聞いた」

「おう。俺だって、クロンを好きになった時はギリギリ子どもだったし。相手は亜人で、オレよりも百年単位で年上だったけどな」

「だとすると、逆もありそう。大人が子どもに対して、そう認識することだって。不思議じゃない」

ああ、そうか。そうだったんだ。こんなにも簡単なことだった。自然と涙がポロポロ零れて、泣きながら私は口を開く。

「わ、私、ギルさんが好き……好きなんだ……っ」

それは家族への愛でもなくて、もちろん友達や仲間への愛でもない。私にとってギルさんは唯一の存在。魂が彼の存在を求めている。

私はもうずっと、ギルさんに恋をしていたんだ。

「よく気付いたなぁ。な？　怖くねぇだろ？」

「えらかったね、メグ。大丈夫、大丈夫」

ふにゃふにゃと泣く私をリヒトもロニーも優しくあやしてくれた。まるで幼い頃に戻ったみたい。だけど、恥ずかしいとは感じなかった。ただひたすら兄二人に甘えて、私はしばらく泣き続けてしまった。

そんな様子に気付いた周囲の人が、女の子を男二人で泣かせるなよー！　なんて野次を飛ばしてきたけど、二人は軽くあしらっている。その様子を私は泣きながらぼんやり眺めた。不穏な気配はない。ただからかっているような、ふざけた雰囲気だ。なんだか妙におかしくなって、私は泣きながら笑った。そんな私を見て安心してくれたのか、野次を飛ばしてきた人たちも再び楽しそうに踊りだす。それを見ながら、また笑った。

心がとても晴れやかだった。どうしてあんなに怖かったのかがわかったから。私はただ、ギルさんに受け止めてほしかったんだ。子どもである自分がギルさんに本気で恋するなんて、きっと受け止めてもらえないって感じていたのかもしれない。私の中では、大人が子どもに対して本気になるなんて夢物語のような感覚だったからかな？　誰よりも大好きな人に、誰よりも大好きになってもらいたかったんだ。そんなワガママで、勝手に臆病になっていたんだ。

そう考えると、グートやアスカはどれほど悩んだのだろう。私と同じようにすごく考えて、同じように怖かったのかな。グートなんて、答えがわかってたって言っていた。それなのに告げてくれたのだ。どれほどの勇気が必要だっただろう。考えれば考えるほどありがたくて、申し訳なくて……。でも、今ならもう一度会える気がした。だって、ようやくグートの気持ちもわかったのだから。

「私、悪い子だし、悪女だった。すっごく思わせぶりな嫌な女になっていたと思う。知らなかったなんて、気付かなかったなんて、言い訳にもならないや」

開き直っているわけじゃないよ。もう逃げないって覚悟を決めただけだ。自分の嫌な部分と向き合って、ちゃんと受け入れよう。それが一番、グートやアスカに対して誠実だと思うから。私はズビッと鼻をすすって立ち上がる。

「なんだかお腹空いてきちゃった。ちょっと何か買ってくる！」

「おいおい、こんな夜中に食べちまっていいのかー？」

まだ目元を真っ赤に腫らした状態だろうけど、私は構わず歩き出す。リヒトがからかうようにそんなことを言ってきたけど、いいもんねー。

「いいの！　悪い子だから！　ロニー、一緒にワルになろ？」

「ん、付き合う」

「お、おい待て。俺もワルになるから仲間外れにしようとすんなって」

真夜中の街中で、私たちは三人で笑い合う。それから空が明るくなるまでたくさん食べて踊った。

その晩は、人生で一番笑った時間だった。私はこの日を生涯、忘れないだろう。

第2章◆唯一の人

1　番の知らせ

生まれて初めて徹夜というものをした。この身体は人間の頃よりもタフになっているとはいえ、エルフというのはそんなに強い種族ではない。むしろ、体調を崩しやすい種族なので睡眠はとても大事なのだ。それがわかっていながら徹夜をするなんて私は馬鹿なのかもしれない。

「きょ、今日は無理……何も出来そうにないぃ……」

おかげで、太陽が真上に輝いている時間帯になっても私はひたすらダウンしておりました。わかってたことだけどね！　もちろん、熱を出したとか頭痛が酷いとかそういうわけではない。ただひたすら眠くて、身体が怠《だる》いだけである。こ、これ、お酒とか飲んでいたら完全に二日酔いになるヤツだ。未成年なので飲んでないし、今後もそんなに飲める気はしないけども。

そんなダウナーな状態ではあるものの、ずっとベッドに横になっているのも疲れてしまったので今は簡易テントのリビングにあるソファーでぐったりしております。

「あーあー、メグがすっかりワルになっちまったなー」

そんな私を見てリヒトがニヤニヤしながらそう言った。今はそんな冗談にも付き合えず、ジトッと目だけでリヒトを見上げた。いいもん、その通りだもん。ぐすん。

「ウソウソ。今日はゆっくり休んどけ。俺らものんびりしてるからさ。俺とロニーのどっちかは必ずここにいるようにするから、安心して寝てろ」

私の視線を受けて焦ったように笑ったリヒトは、ワシャワシャと私の頭を撫でて誤魔化した。もちろん、許してあげます。だって、本当にリヒトとロニーの大切な時間を無駄に使わせてしまっているから。今はリヒトだけがここにいるみたいだけど、ロニーは出かけたのかな。交代で私の様子を見てくれているのかもしれない。その気遣いにまた涙が出そうになるよ。昨日もあんなに泣いたのに。いやむしろ、昨日で感情のタガが外れたっていうか、ちょっとしたことで泣きそうになっている。情緒不安定だな、私。

「ごめんね、リヒトもロニーも。忙しいのに……」

目を閉じてウトウトしながら呟く。もう二人に隠しごとは何もない。全てをさらけ出してしまったからね。ちょっと恥ずかしい気もするけど、二人とも広い心で受け止めてくれたからこれで良かったんだって思えるよ。前世の自分では考えられないことだ。一人でひっそりと抱えるタイプだったから。今は本当に人に恵まれているなってつくづく感じる。

「ばーか。お前のフォローをすることより重要な仕事なんかねーよ」

「ふふっ、すごい口説き文句に聞こえる。クロンさんに言えばいいのに」

「当然、言ったことあるに決まってんじゃん。ああ、そっか。ごめん嘘吐《つ》いた。お前のことはクロンの次に大事だ！」

「正直でよろしい」

その時のクロンさんの反応、見てみたかったなぁ。こういう冗談を言い合う時間が本当に救われる。そうやってハッキリ言ってくれるところも嬉しい。

「ほら、もう少し寝てろ。何かあったら呼べよ」

「ん、ありがと……」

私があまりにもウトウトしているからか、リヒトはクスッと笑いながら私の目に手を乗せる。その手の体温や重さが心地好くて、私は再び睡魔に身を委ねた。


どれほど眠っていただろうか。ベッドじゃないからそこまで熟睡はしてないと思うんだけど。うっすらと目を開けてリビングを見回すと、ダイニングのイスに座って本を読むロニーを発見した。

「ロニー……？」

「ん、起きたの？　おはよう、メグ。体調は、どう？」

「まだ眠いけど、これ以上寝ちゃうとまた夜中に起きている羽目になりそう」

上半身を起こすと、身体の怠さも軽くなっていることに気付く。んー、良く寝た。寝すぎた。時間を訊《たず》ねると、まだ陽も沈む前だという。よかった、夜じゃなくて。ホッと胸を撫で下ろす。

「お腹空いてない？」

「ちょっと空いた、かなぁ」

昨日の夜は何かしらをちょこちょこ摘まんで食べていたもんね。だからか朝も昼も食べていないけど、空腹はあまり感じていない。でも、さすがに少しは何か胃に入れておきたい。じゃないと、夕飯前にお腹が空いてしまいそう。ロニーは私の返事を聞くと、ダイニングに軽食を用意してくれた。簡易テントのキッチンにある収納魔道具から出してきてくれたのだろう。木の実の入ったパンとジャムが練り込まれたパンの二つ。さらに、ロニーが自らお茶も淹れてくれた。甲斐甲斐しい……！

「ありがとう、ロニー。んー、すごくいい匂い！　いただきます！」

「ん、召し上がれ」

暫し、穏やかな時間が流れる。ロニーはその場にいるだけで癒しの空間になるなぁ。ほっこり。特に話しかけてくることもなく、再び本を読んでいるだけなのに。でも、意識はこちらに向けてくれているのがわかって、胸の奥がくすぐったいや。

「お、メグ、起きてたのか」

ちょうどパンを食べ終えた頃、リヒトが帰ってきた。そのまま真っ直ぐ私の下に来ると、隣の席に座る。それから椅子の背もたれに深く寄りかかって軽く息を吐いた。

「もしかして、仕事だった？」

リヒトは転移が出来るから、合間を縫《ぬ》って仕事に行っているのかもしれないなって思って。それは半分正しかったようで、リヒトは軽く肩をすくめた。

「それもあるけど……魔王様に、な。ほら、わかるだろ？」

ああ、そっか。父様に報告をしてくれているんだね。仕事をしつつ、私の様子も伝えてくれているのだろう。思えば、父様には悪いことをしちゃったな。せっかく魔王城に休暇に行ったのに、途中で家出しちゃって。そりゃあ色々と聞かれるに決まってるよね。それなのに何も言わず、会いに来ようともせず我慢してくれているんだ。私のために。

「ごめん、すごく迷惑かけちゃったよね」

「いーんだよ。そのくらい、わかった上で魔王様も許可してんだから。けど、気にするならオルトゥスに帰る前に会ってやってよ。気にしてない体《てい》を装うだろうけど、かなり心配してるから」

「うん、そうする」

父様との時間は大事にしたいもん。残りの時間を考えるとどうしても胸がチクリと痛むけど……だからこそ出来るだけ一緒にいる時間を増やしたいな。

「オルトゥスには、僕が連絡、入れてる」

ロニーの言葉にドキッとする。そっか、オルトゥスの人たちにも心配をかけてしまっているよね。罪悪感もあるけど、どちらかというと反抗期の自分を知られるのが恥ずかしいという気持ちの方が強い。みんな家族みたいなものだから。当然、気になるのはそれだけではない。今の私が一番気にしているのは……。

「あの、その……アスカは？　もうオルトゥスに帰る予定の日だよね？」

本当は今頃、アスカと一緒にオルトゥスにいるはずだった。それなのに、あんな気まずいやり取りをした後に私が急にいなくなってしまって……。アスカを、傷つけてしまったかもしれない。うわぁ、考えれば考えるほど膨らむ申し訳なさ！　一言もなく出て来ちゃったし、本当に酷いことをしたぁ！

「俺が転移で送って行ったよ。大丈夫」

「そ、そっか……」

ここで、アスカの様子はどうだったのかと聞くのは良くないことだろうか。自分勝手すぎるだろうか。でも、もしアスカが自分を責めていたらと思うと……！

「気になるんだろ、アスカの様子」

「……うん。自分のせいで私が家出したって思っていないかなって」

そんな私の心情なんてお見通しですよね、そうですよね。やっぱりな、と頷くリヒトに思わず苦笑いだ。

「さすがメグ。めちゃくちゃ後悔してたぞ、アスカのやつ」

「うっ」

そして意地悪な言い方をしてくるリヒト。何も言い返せません……！　でも、ちゃんと聞いておきたいことだ。私は顔を上げてリヒトに頷いてみせる。リヒトは軽く目を見開いた後、すぐにフッと笑って続きを話してくれた。

「メグを傷つけたって。しかも、自分のせいでメグが出て行ったんだって思ってる……んじゃないかってメグが気にしてそうで申し訳ないってさ」

「えっ」

「すげぇよな？　お前のことなんかお見通しだし、どこまでもお前のことを一番に気にしてんだよ。だから伝言を預かってる」

アスカ、優しすぎるよ。それに察しの良さにつくづく驚く。思わず涙が出そうになっちゃった。

「僕はメグのせいで傷ついたりなんかしない、だってさ」

だから気にするな、そう言いたいのだろうか。もう、なんだよぉ……。私ばっかり自分のことでいっぱいいっぱいで恥ずかしい。アスカがいい子すぎて辛い！　でも、その言葉は無理して言っているのではなかろうか。いや、絶対に無理してるよね？

「嘘だぁ……絶対に、ちょっとくらいは傷つくはずだもん。私、酷いことをしたもん」

「それはそうだろ。でも言葉通りに受け取ってやれって。カッコつけたいんだよ」

「そ、そういうもの？」

「そういうもの！」

リヒトがハッキリと断言するのなら、これ以上は何も言うまい。アスカは、その点について私が気に病むのを良しとしないってことだもんね。それなら私も、アスカが言い過ぎた件については何も言わない。そりゃあちょっぴり傷ついたけど、それはお互い様だから。帰ったら、アスカとも仲直りしなきゃ。別に喧嘩《けんか》をしていたわけじゃないけど……うーん、喧嘩だったのかな？　でも謝らずに終われないもん。ちゃんと話そうと思う。

「さて。随分とのんびり過ごして、色々とメグのワルに付き合ったわけだけど」

私が内心でそう決意を固めていると、リヒトがパンッと軽く手を叩いて話題を変えた。もうすぐ陽も暮れる。今日は本当にほぼ寝て過ごしちゃったな。いくら悪いことをしたかったとはいえ、二度と徹夜はするまい。

「今度はどうする？　また何かするか？」

リヒトの問いに、私は笑う。わかっている癖に。でも、私が自分の口から言わなきゃね。

「ううん。もう悪い子は終わり。私には向いてないや」

「今、気付いたの？」

「うっ、わ、わかってはいたけどっ！　改めて思い知ったのっ！」

苦笑しながらそう言えば、ロニーがからかってきたので慌てて言い直す。クスクス笑われている……！　いや、たくさんお世話になったから大人しく笑われよう。

「今回は、本当にありがとう。リヒト、ロニー。おかげですごくスッキリした。でも、悪いことするのってすごく大変なんだね……初めて知ったよ」

改めて二人に向き直ってお礼を言う。それからしみじみと感想を呟くと、リヒトとロニーは一度互いに顔を見合わせ、暫しの間を置いた後いきなり大きな声で笑い始めた。な、何っ⁉

「あ、あはっ、ご、ごめ……だって、メグの悪いことって、全然、悪いことじゃなくて」

「ひーっ、ほんと、笑わせてくれるぜ！　そのまま育ってくれよな、メグ！　……ぶふっ」

カーッと顔が熱くなっていく。じ、自分でも向いてないことくらいわかってるよ！　思いつく悪事がお子様すぎるってことも！

「も、もう！　笑いすぎだよっ！　絶対に、ぜーったいに誰にも言わないでよ⁉」

これは一生からかわれるヤツだ。今のうちに口止めしておかねば。ロニーはともかく、わかったわかったと言いながらずっとお腹を抱えて笑うリヒトは怪しい。はぁ、黒歴史として今後もずーっと抱えていくんだろうな。だけどそれはそれで悪くないなって、そう思った。

次の日は、ちゃんといつも通りの時間に目覚めることが出来た。オルトゥスで仕事をする日の時間と同じだから、早すぎず遅すぎずってところかな。ゆっくりと身支度をしてから簡易テントの一階に下りると、二人ともすでに椅子に座っていた。早起きだったのか、寝ていないのかはわからないけど。聞くだけ野暮かな。どのみち迷惑をかけまくっているわけだし、ただ感謝しよう。

「朝飯を食ったらすぐに向かうか？」

「うん。父様も心配しているだろうし」

そう。今日はまず魔王城に行って父様に謝ることから始めようと思っている。その前に、ロニーは一人旅に戻るそうなのでここに来る前にいた場所へとリヒトに送ってもらうみたいだ。

「ロニー、待っていてくれたんだね」

「ん。最後にメグの顔、見ておきたかったから」

てっきり、もう旅に出てしまっているかと思ったのに。でも、ロニーだもんね。この前の旅立ちの時に挨拶が出来なかったから、待っていてくれたのかもしれない。優しいな。

「もう、大丈夫そう、だね」

「うん。ロニーのおかげだよ」

「僕は、何もしてない」

ロニーは安心したようにふんわりと微笑んでくれた。何もしてないって思うかもしれないけれど、それは違うよ。

「そんなことない。辛い時に側にいてくれるのがどれほど心強いと思ってるの？　話も聞いてくれたし、その……悪事にも付き合ってくれたじゃない」

私の「悪事」という単語に少しだけクスッと笑ったロニーは、そのまま笑顔で私の頭を撫でた。

「そうだね。でも僕、ちょっと楽しかった」

「えへへ、実は私も」

また今度、何もなくてもこっそり悪事をしてみたいと思うほどには楽しかったよ。ただ何度も言うようだけど徹夜はこりごりである。夜遊びくらいならたまーにやってみてもいいかなって思うけど。もちろん、今の私は良い子に戻ったので大人になるまでは我慢しようと思います！

「それでメグ、伝えるの？」

ふと、真面目な顔でロニーが訊ねてきた。伝える、っていうと……あのことだよね。さすがにもう察しが付く。ちょっと気恥ずかしいけど、私も微笑んで答えた。

「うん。気付いちゃったらもう、じっとしていられないから」

番という存在を見付けられる人は本当に少ないんだ、ってロニーと話していたことを思い出す。相手を恋しいと思う気持ちなんて私だってわからなかったけど……本当はずっと知っていたんだなって今ならわかるよ。会いたくて、顔が見たくて、声が聞きたくてたまらない。それに、今どこにいるかがすぐにわかるんだ。これは本当に不思議な感覚なんだけど。

ギルさんは今、オルトゥスにいる。そう思うだけで胸がドキドキした。なんで今まで気付かなかったんだろうって不思議になるくらいに。

「そっか。メグの幸せを、ずっと祈ってる」

「私も！　ロニーの幸せをずーっと祈ってるからね！」

最後に笑顔で挨拶を交わし、ロニーはリヒトと共に転移で旅立っていった。次に会えるのはいつかな。その時にはまた色んな話が出来たらいいな。

さて、私は再びリヒトが戻ってくるまでに片付けを終わらせないと。戻ってきたらこちらもすぐに出発だからね。きっとすぐだろうと思って急いで片付けたんだけど、準備万端になってもリヒトは帰って来なかった。どうしたんだろう？　と思いかけた頃、ようやくリヒトが転移で戻ってくる。

「ちょっと時間がかかったね？」

「ああ、向こうで少し話してたからな」

「なぁに？　男同士の秘密の語らい？」

「そんなとこー」

ニヤッと笑うリヒトを見て、本当に男同士で何か話して来たんだろうなってことがわかった。私のことも話したりしたのだろうか。まぁいい。そういう会話も大事だよね。詮索《せんさく》はしません。

「じゃ、行くか」

「うん、お願い！」

こうして、私の初めての家出は幕を閉じた。まずは父様に謝らなきゃ！

一瞬で魔王城に転移した私たちは、真っ直ぐ父様の執務室に向かった。ドアを開ける前に飛び出して来た父様は半泣きで私を抱き上げてくる。その勢いに軽く驚きはしたけど……まぁ、予想はしていましたとも。

「ああっ、メグ！　無事でよかった……！　娘の悩みに気付いてやれないなど、父失格であるな」

「ごめんなさい……。だけど、父様は何も悪くないよ！　だってほら、こういう悩みって友達相手の方が話しやすいんだよ。そういうの、父様にだってわかるんじゃない？」

「む……悔しいが、わかる」

ギュウギュウと抱き締められながらの会話は、申し訳ないような恥ずかしいような複雑な気持ちだったけど、黙ってされるがままになっています。だって、どう考えても私が悪い。そりゃあ突然いなくなったらすごく心配するよね。あと、同意を示してくれた父様がちょっぴり可愛い。おっとっと。真面目に謝罪しなきゃね。

「心配かけて本当にごめんなさい。でも今回のことで私、つくづく悪いことって出来ないんだなって思い知ったよ」

「なっ、え、わ、悪いことをしたのか!?　リヒト、どういうことだ!?」

しまった、口を滑らせた。これに関してはいくら反省しているとはいえ内緒にしておきたい。別にバレても問題はないけど……なんかこう、自分で明かすのは恥ずかしいし、リヒトやロニーから話されるのはもっと恥ずかしい。

「そっ、それは内緒なの！　父様、リヒトに聞こうとしてもダメだからね！」

「ぐ、ぐぬぬ……！」

なので、申し訳ないけど言いません！　リヒトにも口止めの意味を込めてジッと視線を送っておいた。リヒトは苦笑いしながらも頷いてくれている。本当に頼んだよっ？

「さ、メグ。そろそろオルトゥスに行きたいんじゃないか？」

「そっ、そうだね……」

一通り謝罪を済ませて父様に抱っこから下ろされている時、リヒトがそう切り出してくれた。な、なんだか急に緊張してきた。これから私、ギルさんに気持ちを伝えにいくんだ、よね……。さっきまでは伝えずにはいられない！　って感じだったのに、怖気《おじけ》づいたのかな。ダメダメである。

「む、休みを延長していたから、そろそろホームが恋しいのだな？」

「それもあるんでしょうけど違うんすよ、魔王様。メグはやーっと自分の気持ちに気付いたんで。オルトゥスにいる、最も大切な人への気持ちに」

「なっ⁉　なっ、なっ……」

ちょっ、リヒトーっ⁉　私が慌ててリヒトを見ると、サッと顔を逸らして口笛を吹いている。た、確かにこの件については口止めしてないけど、父親の目の前でバラすって酷くない⁉　父様は言葉にならないようで驚愕《きょうがく》に目を見開いているし！　この後の反応が怖い！　あ、あれ？　急に室内が暗くなってきた。窓の外が暗雲に覆われ始めて……ちょ、ちょっと待って？　続けて稲光とほぼ同時にドゴォオォンというすっごい音が轟《とどろ》き、室内がビリビリと揺れた。ちょぉっと待ってぇ⁉

「むっ、娘は誰にも渡さ、渡……ぐぬぅぅぅ‼」

それからものすっごく低い声で父様が声を出したかと思うと、急に頭を抱えてヘッドバンギングし始めた。な、なんか苦悩してる……！　ってか、なんでリヒトはそんな冷めた目で父様を見てられるの？

それから数分ほど。次第に外の天気も元に戻り、沈黙だけが室内に流れ始める。ビクビクしながら待っていると、ようやく父様が無理矢理作った笑顔でこちらを見た。ひぇ、目が笑ってないデスネ？

「……メグに最愛の存在が現れるというのは喜ばしいこと、であるな？　相手も申し分ない能力を持っているのだしな！　父として、今度ご挨拶に向かわねばな！　ははは!!」

「えっ！　ちょ、誰かわかってるの!?」

どうやら許してもらえたらしいけど、ちょっと待って。その言い方だと、父様は相手がギルさんだって知っているみたいな……！　今度は私が目を丸くしていると思う。そんな私を見て盛大に大きなため息を吐いたのはリヒトだ。

「お前なぁ……ほとんどのヤツが気付いてるぞ？　本人同士が気付いてなかっただけで」

「えぇっ!?」

それは恥ずかしすぎる。ひえぇ、どうして？　どうして私にもわからない自分の気持ちのことをみんなの方が知っているの!?　み、みんなすごすぎじゃない？　え、ちょっと待って。それじゃあ、みんな知っていて私が自分で気付くのを見守ってくれていたってこと？　ひぃ、黒歴史確定じゃないですか……。

でも、いいんだ。それなら余計にちゃんと気持ちを伝えないとね。私が勇気を出して一歩踏み出せば、結果がどうあれみなさんも安心してくれるかもしれない。結果が、どうあれ……。うっ、子どもとしか思えないって言われそう！　いやいや、怯《ひる》むなメグ！　それでも私は言うんだから！　恥ずかしさに身悶《みもだ》えつつ、大好きな人の顔を思い浮かべた、その時だった。突然ギュッと胸が締め

付けられる痛みが走り、思わず胸を押さえる。な、に……⁉

「っ！」

「どうした、メグ⁉」

急に苦しみだした私を見て、父様が慌て始める。リヒトも心配そうに顔を覗き込んできた。これは、私にもわからない。なんだろう。

「な、なんだか、胸がすごく苦しいというか、辛い気持ちが流れ込んでくるというか……なに、これ？」

耐えられないような痛みではないんだけど……苦しいとか辛いとかよりもやたら焦燥感が襲ってくる感じだ。そう伝えると、父様とリヒトが顔を見合わせた。それから真剣な表情でこちらを見る。な、何？　心当たりがある感じ？

「……それは、恐らく番の知らせだ。番の感情が強く動いた時、離れていてもそれを察知出来る。メグはあやつを……気に食わぬが、番と認識したのだろう？　だからこそ、強くハッキリと感じることが出来るのであろう」

「メグはさ、魂を分け合った俺の感情もたまに察知するだろ？　あれと同じだよ」

番の知らせ……。確かに、感覚としてはリヒトの感情が流れてくる時と似ている。

「じゃあ、これは、この痛みは……」

ギルさんの、苦しみってこと？　えっ、あのギルさんが⁉　そう認識したらより焦ってきた。ど、どうしよう！　今すぐ行かなきゃ！

「どうやら、あまりのんびりもしていられないようであるな。メグ、お前の番は今苦しんでいるのだろう」

「で、でも！　ギルさんが苦しむことなんてあるの……？」

あんなに強くて、なんでも出来る人なのに！　どれほどの緊急事態が起きているというのだろうか。っていうか、そうなったらオルトゥスは大丈夫なの？　何かとんでもないことが起きていたりして……!?

「落ち着け、メグ。それはお前の方がよく知ってるんじゃねぇの？」

私の方が……？　軽く深呼吸を繰り返して気持ちを落ち着ける。そうか。この痛みは、心の痛みだ。苦しんでいるのはギルさんの心なんだ。ギルさんは身体も精神もとても強い人だけど……心だけは、時々すごーく弱くなることがある。それはいつだって自分以外の人が関わっている時だ。誰のために、何を苦しんでいるんだろう。それが少し気になるけれど。

「……助けに行く」

「そうこなくっちゃな」

ギルさんが辛い思いをしているのなら、私が絶対に救ってみせる。だってギルさんは、私にとって唯一の番なのだから。

2　オルトゥス緊急会議

リヒトの転移でオルトゥスの入り口に来た私たちは、すぐその異変に気付いた。いつも通り仕事をする人で賑わっているんだけど、どことなく緊張感が漂っているのだ。思わずリヒトと顔を見合わせる。

「わかるか？」

「……うん、わかる。異常に魔力が渦《うず》巻いてる場所がある」

そしてその魔力はギルさんのものだということも。危険が迫っているのだろうか、と心臓がバクバクする。一刻も早く向かいたかった、けど。

「すぐに向かいたいのはわかるけど、まずは何が起きてるのか聞いてからだぞ」

「わ、わかってるもん」

さすがにこれだけ攻撃的な魔力を感知したら、ギルさんのものとはいえ迂闊に近寄ったりは出来ない。いや、ギルさんのものだからこそ注意が必要だった。だって、ギルさんはオルトゥスのナンバーツーの実力者なんだから。彼を止められるのはそれこそお父さんや父様くらいなのだ。……うん。近頃、力が衰《おとろ》えてしまっている父たちでは相手をするのも厳しいかもしれない。っていうか、あまり無理をさせたくないというのが本音だ。二人がかりならいけるだろうけど、それでも危険なんじゃないかって心配である。

「受付に向かうか？」

「そうだね。サウラさんなら事情も知っているはずだし」

私たちは頷き合ってから建物内部へと足を進めた。早足になる私たちを見て、ホールにいた人たちが次々に道を空けてくれる。どの顔も不安そうだ。そりゃあそうなるよね。このままじゃ、通常業務にも影響を与えてしまいかねない。早くどうにかしなきゃって思うけど、焦っちゃダメ、だよね。落ち着いて、落ち着いて。

受付に近付くと、すぐにサウラさんが気付いてカウンターから出て駆け寄ってくれた。表情もどこか真剣だし、やっぱりこのギルさんの魔力が原因だよね……。

「無事に戻って来てくれてよかったわ。どこも怪我はない？　大丈夫？」

「そ、そうでした。ごめんなさい、勝手なことをして……」

サウラさんは私の前にやってくると、まずは心配そうにペタペタと私の腕や顔に手を伸ばして触りながらそんなことを言ってくれた。そうだ、私の家出騒動のせいで、オルトゥスの皆さんにも心配をかけていたんでした！　も、申し訳ありませんでしたーっ！　プチ家出をちょっと楽しんでました、なんて言えない……！　しかもこんな大変なことになっている時にっ。だけど、ちゃんとした謝罪は少し後回しだ。

「それよりも、この魔力……」

「ああ、そうよね。気付くわよね、当然。帰って来て早々悪いんだけど、まずは事情の説明からさせてちょうだい。リヒト、貴方も一緒に聞いてもらえないかしら？」

早速、私が本題に入るとサウラさんはさらに難しい顔になって腕を組んだ。そのままリヒトに目を向けてちょうど良かったと微かに笑う。

「それはもちろんいいですけど……ギルになんかあったんすか？」

リヒトは片眉を上げて声を潜めた。みんなが気付いていることだろうとはわかっていても、なんとなく小声になってしまう気持ちはわかる。それに合わせてサウラさんも頷きながら小声で答えてくれた。

「場所を替えさせてちょうだい。今、ちょうど話し合いをしようと重鎮メンバーを集めていたところなのよ。ニカはまだ人間の大陸にいっているから不在なんだけど」

「えっ、そんな中に私たちが行ってもいいんですか……？」

つまり、ギルさんとニカさんを除いたメンバーか。お父さん、サウラさん、シュリエさん、ケイさん、ルド医師の五人が集まるってことかな。これはやっぱりただごとじゃないね。だからこそ、私やリヒトが話し合いの場にいてもいいのかなって思っちゃうんだけど。

「むしろ来てほしいと思っていたわ。リヒトにも頭領《ドン》と一緒にギルを止めてほしいし。でもたぶん、一番必要なのはメグちゃん、貴女《あなた》よ」

だけど、サウラさんは真剣な眼差しを向けてそう言った。私……？　私にはギルさんを止める物理的な力も魔術の腕も足りない。それはサウラさんにもわかっているはずなのに、なんとなく私に託されているような気がする。……よくはわからないけど、それは私も望むところだ。ギルさんは、私が助けたいんだから。

「わかりました。聞かせてください！」

私が力強くそう告げると、サウラさんは少しだけ目を丸くしてからふんわりと微笑んでくれた。

そのまま、ついて来てと言うサウラさんに続いてオルトゥスのホールを進む。三人で来客室に辿り着き、入室するとそれどころじゃないのに懐かしさを感じた。だって、ここで集まって話し合いだなんてすごく久しぶりだから。つい幼い頃を思い出してしまう。っていうか、幼い頃にその中に入っていたってことがおかしすぎる状況なんだけどね。あの頃から変わらず、会議室ではなくて来客室で話し合いをするのが懐かしさを増している。会議室、必要？　って思わず言っちゃいそうだ。まぁ、あまり使わないだけで必要ではあるんだろうけど。

「お、リヒトも来たのか。心強いな」

「ユージンさん、お邪魔してます」

来客室にはすでに他の皆さんが集まっており、お父さんが出迎えてくれた。私たちが一緒に来たことについてはあまり驚いた様子はない。気配で察知していたのだろうけど、どうしてここにいるのかとかも聞かないんだね。それはお父さんだけでなく、他のみなさんも同じ。一緒に聞いてもらいたいって思ってくれているのだろう、たぶん。期待に応えたいところである。

「じゃ、みんな気になってるだろうからすぐに本題に入らせてもらうぜ。とは言ってもだいたい察しはついてるだろうけどな。まずは状況から。今、ギルが昔みたいな状態になってる」

全員が集まったところで、お父さんは本当にすぐ本題を話し始めた。いつものことである。さて、ギルさんの昔みたいな状態、とは。初っ端《ぱな》から首を傾げてしまった。

「昔、って？」

疑問に思ったらすぐに質問！　私が小さく挙手をしながら聞くと、リヒトも聞きたそうにお父さんに目を向けていた。私もリヒトも、昔のギルさんのことはほとんど知らないもんね。

「ああ、メグやリヒトはわかんねーか。ギルはなぁ、出会った頃は本当に手が付けられないほど周囲に殺気を飛ばしまくるようなヤツだったんだよ」

えっ、そんなに⁉　あまり人と関わらない孤高タイプだとは思っていたけど、そこまで周囲はみんな敵、みたいな感じだとは思わなかったよ。それに、今は仲間と協力し合うから想像がつかない。うっすら聞いたことはあったけど誇張して言ってるのかなって思ってた。

「懐かしいですね。誰も信用せず、挨拶もせず、常に一人で行動していましたっけ」

「んー、忘れかけていたよ。でも確かにあんな感じだったね。用もなく声をかけようものならすぐに魔力で圧をかけてきたし。怖かったなぁ」

お父さんの言葉に同意を示すように、シュリエさんとケイさんが昔を懐かしみながら何度も頷いている。そ、そうだったんだ。よく、みんなが口を揃えて「ギルは変わった」って言っていたけど、そりゃあ言うわ。私も昔のギルさんを知っていたら言っただろう。

「それでも、次第に態度も軟化してきたはずなんだけどね。メグが来てからはさらに人が変わったように穏やかになったんだが」

苦笑を浮かべながらそう言ったのはルド医師。私が来てから？　まぁ、幼児がいたら変わらざるを得ないよね。子どもは宝っていうのはギルさんも最初から知っていただろうし、かなり気を遣ったんじゃないかな。でも、それはギルさんが最初から優しい人だから出来たことだ。根が優しいから幼児にも優しく出来たんだよ。私は知っているんだ。よし、昔の状態というのがどういうことかはわかった。

「じゃあ、どうして今ギルさんがそんな状態になっているのか、順を追って説明してほしいです……！」

一番の疑問はそこだ。漏れ出ている魔力からはピリピリとしたストレスのようなものを感じるんだよね。ギルさんの心を揺さぶる何かがあったのかな？　それがとにかく心配なのだ。今もなお、ギルさんが苛立ちで苦しんでいる感情が流れ込んできて……私も辛い。ギルさんはもっとこの苦しさを抱えているんだと思うと、本当にいてもたってもいられないよ！

「別に、急にこんなことになったわけじゃないのよ。兆候はあったの。ここ数日で一気に抑えられなくなったみたいで……」

サウラさんが言うには、私たちが人間の大陸に行っている時から少し様子が変だったという。それがいつだったかと言われるとハッキリはしないけれど、ふと不機嫌そうに眉を顰《ひそ》めることが増えていったんだって。元々、そういう感情の変化を表には出さないタイプだから気付くのが遅れたかも、とのこと。それは仕方ない。ギルさんは隠すのも上手だから。

「でもね？　まるで出会った頃のような刺々《とげとげ》しさではあるんだけど、ちゃんとこちらに気を遣っているのはわかるのよ。やっぱりあの頃とは違う。だって、そうでもなきゃ訓練場に誰も近付かないようにしてくれ、なんてわざわざ頼んだりしないでしょ？」

「そんなことを？」

「ええ。しばらく集中させてくれって。その間、周囲に気を配る余裕がないって言ったわ。その時すでに爆発寸前って感じで……正直、ちょっとだけ怖かったの」

サウラさんは両腕をさすりながらそう言った。そっか。そこまでギリギリの状態なのに、ちゃんとみんなのことを考えているんだ。やっぱりとっても優しい人だよ。それに不器用。そんなになるまで一人で抱え込むなんて。

……はい、人のこと言えませんね！　つい数日前に限界ギリギリまでストレスを溜めて魔力をぶっ放したのは誰だっけ？　私だよ!!　……私と似ている部分もあるんだよね。そう思ったら緊張していた心が少しほっこりと和らいだ。ちっとも浮かれている場合じゃないのに。

「それで、昨日の深夜からずっと訓練場には誰も近付けねぇって状況だ。落ち着くどころか苛立ちが増してやがる。そろそろストレス発散に付き合うか、と思ってたとこだ」

「なるほど……えっ、ストレス発散って、お父さんがギルさんと戦うってこと？」

「そうだ。昔は頻繁にやり合ってたんだがなー。そもそもちゃんと戦闘するのが久しぶりすぎる。あんまりやりたくねーんだけど、そうも言ってられないからなぁ」

二人の戦い、かぁ。正直、見たい。めちゃくちゃ見てみたい。お父さんの戦う姿なんて見たことないから余計に！　だけど父様の話を聞いた今、心配が勝ってしまう。体に障《さわ》るんじゃないかって。

「だから、リヒトが来てくれて助かったぜ。お前も一緒になってギルに向かってくれりゃ、負担が